Drehbuch

SYSTEMSPRENGER

von

Nora Fingscheidt

IMPRESSUM:

Bibliografische Information der Deutschen Nationalbibliothek:
Die Deutsche Nationalbibliothek verzeichnet diese Publikation in der Deutschen Nationalbibliografie; detaillierte bibliografische Daten sind im Internet über dnb.dnb.de abrufbar.

Originalausgabe

Edition der Filmakademie Baden-Württemberg GmbH
Akademiehof 10, 71638 Ludwigsburg
www.filmakademie.de

Lektorat: Katja Ginnow, Nora Fingscheidt
Illustration: Bianca Scali
Satz und Layout: Heide Sorn-Daubner
Presse: Andreas Friedrich & Fenja Schnizer, presse@filmakademie.de

Produktion Kinofilm „Systemsprenger“:
kineo Filmproduktion und Weydeman Bros. in Koproduktion mit Oma Inge Film und ZDF Das kleine Fernsehspiel

Herstellung:
BoD – Books on Demand, Norderstedt

ISBN 978-3-00-063203-7

SYSTEM SPRENGER

VORWORT

PROF. THOMAS SCHADT

GRENZGÄNGE

Ein kleines Mädchen, das als unerziehbar gilt. Das sich immer auf Messers Schneide bewegt, zwischen Tobsuchtsanfällen und dem verzweifelten Bedürfnis nach Liebe und Geborgenheit. Benni, die Protagonistin in SYSTEMSPRENGER, die von Helena Zingel auf der Leinwand so phänomenal dargestellt wird, ist eine Grenzgängerin. So wie die Frau, die sie erschaffen hat. Nora Fingscheidt hat sich in ihrem Studium an der Filmakademie in Ludwigsburg schon früh durch ihre Wissbegierde, ihre nie aufdringlich zur Schau gestellte Klugheit und ihre unerschöpfliche Neugier ausgezeichnet. Und sie hat sich nie gescheut, eingetretene Pfade zu verlassen. Noras Diplomarbeit ist der beindruckende, vielfach ausgezeichnete Dokumentarfilm OHNE DIESE WELT über eine Glaubensgemeinschaft von Mennoniten, die in Argentinien abseits moderner zivilisatorischer Errungenschaften ihr Dasein fristen. So souverän sie mit diesem dokumentarischen Stoff umgeht, so versiert näherte sich Nora Fingscheidt wenig später für ihren Debütfilm auch einem szenischen Projekt an. Das Resultat SYSTEMSPRENGER wurde zu Recht mit Auszeichnungen überhäuft, mit dem Silbernen Bären bei der Berlinale 2019 als vorläufigem Höhepunkt.

Das scheinbar mühelose Jonglieren mit verschiedenen Gattungen und Genres, das Nora Fingscheidt demonstriert, wird von mir und allen Gastlehrenden der Filmakademie aktiv unterstützt und gefördert. Auch unsere Absolventin Anne Zohra Berrached hat ja mit ihrem Hybridfilm 24 WOCHEN, der szenische und dokumentarische Elemente beinhaltet, große Aufmerksamkeit erregt. Um das zu erreichen, empfehle ich unseren Studierenden gern, dass sie innerhalb ihrer Ausbildung mindestens einmal auch den Mut zum Scheitern mitbringen müssen. Ebenso wichtig ist jedoch der Mut, geistige wie technische Grenzen zu sprengen. In gewisser Hinsicht stellt auch das Drehbuch zu SYSTEMSPRENGER eine Grenzüberschreitung dar. Denn Nora hat es im Rahmen ihres Studiums geschrieben, während das Projekt als Debütfilm außerhalb der Filmakademie realisiert wurde. Selbstverständlich haben ihre betreuenden Dozenten sie als Absolventin auch nach ihrem Abschluss bei der Weiterentwicklung des Buches unterstützt. Die Grenzen zwischen dem Schutzraum des Studiums und der Branche sind also fließend. Auch das gehört zur Philosophie der Filmakademie Baden-Württemberg.

In Zeiten, in denen wir weltweit in Teilen der Gesellschaft eine Tendenz zu Abschottung und der Errichtung von geistigen wie geografischen Mauern beobachten können, ist eine Offenheit im Denken wichtiger denn je. Diese geistige Freiheit, diesen Mut zu Vielfalt und Fantasie und zum Einreißen von Grenzen möchten wir auch durch unsere Buchreihe „Edition FABW" fördern, in der bereits zwei wundervolle Kurzgeschichtenbände mit Erzählungen von Studierenden und Alumni der Filmakademie und unseres Nachbarn, der Akademie für Darstellende Kunst, erschienen sind. Mit SYSTEMSPRENGER publizieren wir nun erstmals ein Drehbuch, weitere Veröffentlichungen werden ganz sicher folgen.

Ich wünsche Ihnen eine eindrückliche und spannende Lektüre!

PROF. THOMAS SCHADT

Direktor der Filmakademie Baden-Württemberg

VORWORT

NORA FINGSCHEIDT

Vor fünf Jahren entstand die erste Idee zu SYSTEMSPRENGER. Es war während der Dreharbeiten eines Dokumentarfilmes, den wir für die Caritas über ein Heim für wohnungslose Frauen in Stuttgart drehten. An diesem Tag zog ein 14-jähriges Mädchen in die „Frauenpension" ein. Erschrocken fragte ich die Sozialarbeiterin, was denn ein Teenager in einer derartigen Einrichtung zu suchen habe. Mir erschien es für die meisten Bewohnerinnen eher wie eine Endstation. Die Sozialarbeiterin antwortete unbeeindruckt: „Systemsprenger. Die kommen immer an ihrem 14. Geburtstag zu uns, dann dürfen wir sie aufnehmen."
System... was?! Meine Neugier war geweckt. Das Wort klang so kraftvoll, die Realität dahinter schien mir allerdings so erschreckend. Schon lange wollte ich einen Spielfilm über ein wütendes Mädchen schreiben, das ein Übermaß an Energie besitzt und diese eher destruktiv nutzt. Ich wollte eine Geschichte erzählen jenseits der niedlichen Filmmädchen, die melancholisch schweigend und bedeutungsvoll mit großen Augen von der Kinoleinwand schauen. Diese Mädchen haben nichts mit meinem Gefühl von Kindheit oder Jugend zu tun. Durch die Begegnung in der Frauenpension wusste ich plötzlich, wie ich eine mir persönlich nahestehende Figur mit einer gesellschaftlich relevanten Frage verbinden kann. Was machen wir mit Kindern, die so aggressiv sind, dass jede Institution sich weigert, sie aufzunehmen? Und was wird aus einem Kind, dessen einzige Konstante im Leben der permanente Wechsel ist?

Es begann eine lange Zeit der Recherche. Von den verschiedenen Welten, die eine kleine Systemsprengerin durchlaufen muss, hatte ich keine Ahnung. Also lebte ich zehn Tage in einer Wohngruppe

– das ist die zeitgemäße Bezeichnung für Kinderheim –, hospitierte eine Woche in einer Kinderpsychiatrie, eine weitere Woche in einer Inobhutnahmestelle und zwei Wochen in einer Schule für Erziehungshilfe. Zusätzlich las ich Fachbücher und führte über 60 Gespräche mit ehemaligen Systemsprengern, Angehörigen, Pflegeeltern oder Mitarbeitern aus Institutionen der Jugendhilfe und Ämtern. Parallel zur Recherche schrieb ich erste Skizzen einer Handlung, die Realität erwies sich als sehr inspirierend. Fast alles, was in dem Drehbuch passiert, hat auf die eine oder andere Art und Weise seinen Ursprung in der Realität. Diese Erlebnisse wurden verfremdet, verflochten und weitergesponnen, bis schließlich die Geschichte um Benni und Micha immer mehr zu eigenem Leben erwachte.

Während des ersten Schreibjahres wurde ich von Christoph Fromm begleitet, ab dem zweiten Jahr von Bernd Lange und Hans-Christian Schmid. Noch nie hatte ich ein Drehbuch alleine geschrieben. Es ist mir sehr schwergefallen und ich habe den Austausch, auch mit meinen Kommilitonen, dringend gebraucht. Schreiben ist ein sehr einsamer Prozess, das leere Blatt gibt einem kein Feedback. Es wirft einem nichts zu, auf das man reagieren kann. Als Regisseurin war das für mich oft frustrierend. Ich wusste auch nicht mehr, wohin mit den vielen traurigen Schicksalen, die mir aus der Recherche im Kopf und im Herzen geblieben waren. Mein Weltbild verdüsterte sich und ergriff Besitz von meinem Alltag. Irgendwann sah ich überall nur noch zerrüttete Familien und vernachlässigte Kinder. Nach drei Jahren intensiver Arbeit musste ich das Projekt zur Seite legen. In der Zeit habe ich meinen Diplomfilm in Argentinien gedreht. Das erwies sich im Nachhinein als das Beste, was ich hätte machen können. Während der Dreharbeiten bin ich in eine so andere Welt eingetaucht, dass ich endlich den gesunden Abstand gewinnen konnte, um an SYSTEMSPRENGER weiterzuarbeiten.

Was eine sehr lange Anlaufphase hatte, wurde plötzlich zum Selbstläufer. Die erste Fassung des Buches gewann den Emder Drehbuchpreis 2016, kurz darauf folgte die Zusage vom Kleinen Fernsehspiel des ZDF. Die dritte Fassung wurde 2017 mit dem Berlinale Talents Kompagnon Award und dem Thomas Strittmatter Preis ausgezeichnet, mit dem Preisgeld konnten wir das Casting und die Finanzierung starten. Meine größte Sorge war es, ein Mädchen zu finden, das Bennis Aggression und Not glaubhaft spielen kann. Wie ein Wunder haben wir sie gefunden! Nur ein halbes Jahr nach meinem offiziellen Filmakademie-Diplom fiel die erste Klappe.

Dem langen Dreh folgte eine lange Schnittphase. Und was dann geschah, hätte niemand erwartet. Die Einladung in den Wettbewerb der Berlinale verschaffte dem Film eine unglaubliche Aufmerksamkeit. Das hat mich zunächst überfordert, aber gleichzeitig auch sehr glücklich gemacht. Etwas Schöneres kann man einem Film nicht wünschen, als dass er gesehen und diskutiert wird. Dafür wird er ja gemacht.

Jetzt geht SYSTEMSPRENGER auf Reisen und wir mit ihm. Überall wütet Benni über die Leinwand und regt Menschen aus unterschiedlichsten Kulturen zum Lachen und zum Weinen an. Endlich habe ich wieder verstanden, was Film kann. Oft hadere ich mit meinem Beruf und vergesse es. Film kann Brücken bauen und Menschen verbinden.

NORA FINGSCHEIDT

Drehbuch und Regie
SYSTEMSPRENGER

Drehbuch

SYSTEMSPRENGER

von

Nora Fingscheidt

1. ALBTRAUMSEQUENZ

Eine düstere, abstrakte Bildmontage. Wir hören markante, dumpfe Geräusche. Fragmente bunter Kinderjacken vermischen sich mit kurz aufblitzenden Bildern eines hellblonden Kopfes. Kurze Bilder von verzerrter Haut und dunklem Fell, Wunden und Blutstropfen, Kufen rasen über eine Eisfläche. Gitterstäbe werden sichtbar. Dazwischen immer wieder die verschwommenen Bilder bunter Jacken in Bewegung. Ein kleiner Lichtstrahl in einem engen Raum. Hände wollen das Gesicht des Kindes berühren. Eine rennende Silhouette im Nebel. Die Ausschnitte der Kinderjacken werden zu einem immer konkreteren Szenario:

2. AUSSEN: HINTERHOF KINDERHEIM 1 / TAG

Kühle Herbstsonne strahlt in einen Hinterhof mit Spielgeräten. Schreie und Gebrüll durchbrechen die Idylle.

Etwa 15 Kinder stehen in einem Pulk, in der Mitte BENNI (9), das Mädchen aus dem Traum. Sie wird von mehreren älteren Kindern festgehalten und versucht, sich loszureißen. Ihr Gesicht ist knallrot. Sie schreit wie wahnsinnig einen JUNGEN MIT CAP (11) an, der wenige Meter von ihr entfernt steht.

BENNI

LOSLASSEN!!! ICH BRING DICH UM, DU ARSCHLOCH

Die Kinder schreien durcheinander auf Benni ein, sie solle sich abregen. Der kräftige ERZIEHER WOLFGANG (56) und ein unsicherer PRAKTIKANT (19) kommen nach draußen gerannt und treiben die Kinder auseinander. Wolfgang fixiert Benni mit geübtem Handgriff. Benni kreischt.

ERZIEHER WOLFGANG HEIM 1

Beruhig dich jetzt sofort, Benni...

Anstatt sich zu beruhigen, tritt Benni erst recht um sich und spuckt nach Erzieher Wolfgang, dann nach dem Jungen mit Cap.

BENNI

Lass mich los. ICH HASSE DICH!

Der Praktikant schaut der Szene verstört zu. Erzieher Wolfgang wendet sich mit einem gequälten Lächeln an ihn.

ERZIEHER WOLFGANG HEIM 1

Bring die Kinder hoch, bitte.

Der Junge mit Cap fühlt sich unbeobachtet und macht zu Benni eine Geste, dass sie durchgeknallt sei. Benni beißt Wolfgang voller Wucht in den Arm. Wolfgang schreit auf und lässt Benni kurz los.

Sofort springt sie wieder auf den Jungen mit Cap, wird aber gleich von Wolfgang zurückgezogen, dieses Mal ruppiger.

Unsicher versucht der Praktikant, die Kinder zum Gehen zu bewegen.

PRAKTIKANT

Kommt Kinder, hoch bitte.
Niemand reagiert, Erzieher Wolfgang verliert die Geduld.

ERZIEHER WOLFGANG HEIM 1

Alle Mann hoch jetzt, sofort!!

Die Kinder trotten durch eine große Glastür ins Treppenhaus, nur Benni muss im Hof bleiben. Von drinnen ärgern sie einige Kinder mit provokanten Gesten. Man hört das Wort: “Psycho”.

Benni schaut den anderen schwer atmend hinterher. Tränen der Wut und Erschöpfung laufen über ihr Gesicht.

BENNI

ICH BRING EUCH ALLE UM!!

ERZIEHER WOLFGANG HEIM 1

Du bleibst jetzt hier, bis du dich wieder beruhigt hast.

BENNI

ER HAT ANGEFANGEN!!!

ERZIEHER WOLFGANG HEIM 1

Das ist mir egal. Beruhig dich und dann hole ich dich wieder ab.

Ohne Benni aus den Augen zu lassen, verlässt Wolfgang vorsichtig den Hinterhof und stellt sich zu dem Praktikanten, der im Treppenhaus auf ihn wartet. Mit aufgerissenen Augen sieht Benni, wie Wolfgang von innen die Glastür abschließt.

BENNI

ICH SCHLITZ EUCH AUF, SCHEISS-ERZIEHER! IHR KÖNNT MICH MAL!

Dann beginnt sie, große Plastikfahrzeuge gegen die Glastür zu schmeißen. Der schockierte Praktikant zuckt zusammen, als ein großer Trecker gegen die Scheibe kracht. Erzieher Wolfgang bleibt betont gelassen.

ERZIEHER WOLFGANG HEIM 1

Keine Sorge, das ist Sicherheitsglas. Das kann sie lange versuchen...

Die beiden Erwachsenen gehen nun auch die Treppen hinauf. Wir sehen durch die Glastür Benni, die wie im Wahn ein Fahr-

zeug nach dem anderen gegen die Scheibe feuert.
Plötzlich bekommt das Glas mit einem lauten Knack einen Riss.

EINBLENDUNG: SYSTEMSPRENGER

3. INNEN: BÜRO KINDERHEIM 1 / TAG

Benni sitzt auf einem Stuhl vor einem vollgestellten Schreibtisch, ihre zerschürften Beine baumeln in der Luft. Plötzlich sieht sie aus wie ein harmloses, kleines Kind.

HEIMLEITERIN REDEKAMP (55) betrachtet Benni mit ernstem Gesicht. Neben Benni sitzen rechts Erzieher Wolfgang und der Praktikant, links sitzt ERZIEHERIN MONA (28).

HEIMLEITERIN REDEKAMP
Das war die dritte Verwarnung. Verstehst du das, Benni?

Benni schaut gespannt auf ein Glas voller Lollies.

BENNI
Darf ich einen?

HEIMLEITERIN REDEKAMP
Hast du verstanden, warum du nicht bei uns wohnen bleiben kannst?

Benni nimmt sich einen roten Lolli, packt ihn umständlich aus und steckt ihn in den Mund.

ERZIEHER WOLFGANG HEIM 1
Benni, tu den Lolli weg! Frau Redekamp hat dich was gefragt.

Benni tut den Lolli aus dem Mund.

BENNI

(maulig) Jaaaa.

ERZIEHER WOLFGANG HEIM 1

Was ja?

BENNI

Ja, ihr schmeißt mich raus.

HEIMLEITERIN REDEKAMP

Frau Bafané wird sich mit dir eine neue Wohngruppe anschauen. Ich weiß allerdings nicht, wie viele Möglichkeiten es noch gibt.

BENNI

(blafft) Ich will nicht in eine Wohngruppe! Ich will zu Mama.

HEIMLEITERIN REDEKAMP

Das geht gerade nicht, Benni. Du weißt, wie es die letzten Male geendet ist...

Benni verschränkt die Arme und schaut aus dem Fenster.

BENNI

Ich hasse euch.

ERZIEHER WOLFGANG HEIM 1

Wir haben dir verdammt viele Chancen gegeben...

BENNI

Mir doch egal.

Benni baumelt mit den Füßen und steckt wieder den Lolli in den Mund. Erzieher Wolfgang kämpft mit sich.

ERZIEHER WOLFGANG HEIM 1

Na super, toll, Benni. In wie viele Gruppen willst du noch gehen, hm?

Benni zuckt die Schultern. Erzieherin Mona macht eine beruhigende Geste in Richtung Wolfgang.

BENNI

Darf ich kurz auf Klo?

Die Heimleiterin nickt Richtung Tür und Benni verlässt das Büro. Der Praktikant folgt ihr auf ein Zeichen von Wolfgang. Als die drei Erwachsenen alleine sind, atmen sie genervt aus.

ERZIEHERIN MONA HEIM 1

Reg dich nicht auf, Wolfgang. Sie braucht einen anderen Rahmen.

ERZIEHER WOLFGANG HEIM 1

Und wenn wir ihr noch eine, nur eine allerletzte, Chance geben?

HEIMLEITERIN REDEKAMP

Nein. Die hatte sie schon zu oft.

Erzieher Wolfgang reibt sich müde die Augen. Er stellt sich ans Fenster und zündet eine Zigarette an. Er inhaliert tief und sucht nach den richtigen Worten.

ERZIEHER WOLFGANG HEIM 1

Manchmal wünsch ich mir, man dürfte Kinder noch einsperren... zu ihrem eigenen Schutz. (plötzlich) Scheiße!

Benni läuft gerade die Straße entlang. Er öffnet das Fenster.

ERZIEHER WOLFGANG HEIM 1 (CONT'D)
(brüllt)
BEEEENNIIIII! KOMM SOFORT ZURÜCK!!!

Als Benni ihn hört, beginnt sie noch schneller zu rennen und verschwindet am Ende der Straße um die Ecke. Erzieherin Mona und Heimleiterin Redekamp wechseln frustrierte Blicke.

ERZIEHER WOLFGANG HEIM 1 (CONT'D)
Verdammte Mistgöre!

3B. AUSSEN: VOR KINDERHEIM 1 / TAG

Benni schaut kurz hoch zum Fenster, dann rennt sie, so schnell sie kann, die Straße entlang.
Musik setzt ein.

4. AUSSEN: STRASSEN (MONTAGE) / TAG

Benni schlendert durch die Straßen einer mittelgroßen Stadt. Sie nimmt eine Abkürzung durch einen kleinen Gang, der sie durch fremde Gärten und Privatgrundstücke führt. Sie klettert auf Bäume, klaut Skulpturen aus Vorgärten, hängt an einem Spielgerüst herunter wie eine Fledermaus, grüßt kopfüber laut und freundlich die Passanten. Sie spielt mit Nacktschnecken und streichelt liebevoll fremde Hunde. Etwas verwundert grüßen die Menschen zurück.

5. AUSSEN: TISCHTENNISPLATTE SPORTPLATZ / TAG

Benni sieht fünf Kinder, die um eine Tischtennisplatte herum spielen. Sie nimmt Anlauf und läuft in hohem Tempo auf die Kinder zu. Triumphierend schnappt sie sich den Ball.

TISCHTENNISKINDER

Ey, du blöde Kuh. Was soll das?

Benni schneidet eine Grimasse und zeigt ihnen den Mittelfinger. Dann steckt sie sich den Tischtennisball in den Mund. Die Kinder schmeißen die Schläger weg. Benni nimmt einen Stein, wirft ihn auf die Kinder und rennt davon.

6. INNEN & AUSSEN: HANDTASCHENGESCHÄFT / TAG

Die Musik endet auf diesem Bild. Benni schlendert durch Gänge voller Damenhandtaschen. Vor einer rosafarbenen Handtasche mit künstlichen Edelsteinen bleibt sie fasziniert stehen. Eine VERKÄUFERIN (48) folgt ihr.

VERKÄUFERIN

Kann ich dir vielleicht helfen?

BENNI

Nö.

Benni versucht, die Verkäuferin abzuhängen, und macht ein kleines Spiel daraus. Schließlich nähert sie sich einer anderen KUNDIN (35), die ein Kleinkind dabeihat.

KUNDIN

Entschuldigung...

VERKÄUFERIN

Ja, bitte?

Benni beobachtet das kleine Kind. Als die beiden Frauen abgelenkt sind, schubst sie es. Das Kind fällt hin und beginnt zu schreien. Die Mutter stürzt sofort zu ihm, auch die Verkäuferin ist von der Szene abgelenkt.

Benni schnappt sich die Handtasche und rennt aus dem Geschäft. Es fängt laut an zu piepen. Die Verkäuferin merkt, was los ist, und läuft hinterher.

VERKÄUFERIN

Stehenbleiben!

Benni rennt durch die kleine Einkaufspassage und hat die Verkäuferin nach wenigen Augenblicken abgehängt.

7. AUSSEN: INDUSTRIEPARKPLATZ / TAG

Mit der für sie viel zu großen Damenhandtasche über dem Arm läuft Benni über einen leeren Industrieparkplatz. Mit ihrer ausgewaschenen Kapuzenjacke und den strähnigen Haaren gibt sie ein absurdes Bild ab.

Sechs kleine "Gangsterjungs" sitzen in dicken Jacken auf einem betonierten Vorsprung. Sie hören Musik über eine kleine Box. Einige rauchen, in der Mitte ist der Junge mit Cap aus der ersten Szene. Ein JUNGE MIT STEUERUNG (9) lenkt einen ferngesteuerten, riesigen Monstertruck.

JUNGE MIT CAP

Na, Psycho, musst du schon wieder ausziehen?
Haben schön gebrannt deine Schnecken, du Freak.

Benni geht schneller, umgreift die Tasche fester.

BENNI

Halt die Fresse.

Der Junge mit Cap steht auf und stellt sich ihr in den Weg.

JUNGE MIT CAP

(zu den anderen)
Wollt ihr mal sehen, wie der Psycho austickt?

Benni tritt voller Wucht gegen den Monstertruck. Das Auto überschlägt sich und bleibt auf dem Rücken liegen.

JUNGE MIT STEUERUNG

ALTER, WAS SOLL DAS?!

Die anderen Jungs stehen auch auf und umzingeln Benni bedrohlich. Der Junge mit Cap will in ihr Gesicht fassen, sie weicht aus. Er lacht dabei verächtlich und greift jetzt abwechselnd nach der Tasche und nach ihrem Gesicht. Die anderen Jungs schubsen Benni hin und her.

JUNGE MIT CAP

Na, komm schon, Psycho. Einmal nur.

Der Junge mit dem Truck reißt an der Tasche, Benni tritt nach ihm. Ein anderer hält ihr Bein fest, sie fällt hin und der Junge mit dem Cap tatscht ihr ins Gesicht. Benni kreischt.
Die anderen feuern ihn an. Benni springt auf ihn und sie beginnen, sich hart zu prügeln.

8. ALBTRAUMSEQUENZ

In die Prügelei mischen sich Fragmente von Wasser, die das Bild überspülen. Die dumpfen, markanten Geräusche sind wieder zu hören. Hände strecken sich durch ein Gitter. Blut tropft auf weißen Grund. Aufblitzende Momente von Benni auf dem Boden, ihr Gesicht ist blutig, der Mund offen zum Schrei.

9. INNEN: ZIMMER BENNI KINDERHEIM 1 / NACHT

Benni sitzt wach in ihrem Bett. Es ist stockdunkel draußen.

BENNI

Erzieherin!
(lauter) ERZIEHERIN! ERZIEHERIN!

Erzieherin Mona kommt ins Zimmer.

ERZIEHERIN MONA HEIM 1

Was ist los, Benni?

BENNI

Mein Bett ist nass.

ERZIEHERIN MONA HEIM 1

Kein Problem, das haben wir gleich.

Mit routinierten Bewegungen wechselt Mona das Bett. Benni steht daneben mit einem ziemlich zerfledderten Kuscheltier-Drachen im Arm und zieht sich umständlich aus, ohne ihn loszulassen.

ERZIEHERIN MONA HEIM 1 (CONT'D)

Schwuppdiwupp, fast fertig.

10. INNEN: BADEZIMMER KINDERHEIM 1 / NACHT

Benni hat ihren Drachen und einen neuen Schlafanzug neben das Waschbecken gelegt. Sie duscht sich unten herum kurz ab. Im kalten Licht sieht man blutige Schürfwunden auf ihrem Gesicht und viele blaue Flecken auf ihrem mageren Körper.

11. INNEN: ZIMMER BENNI KINDERHEIM 1 / NACHT

Frisch angezogen legt sich Benni in ihr Bett, Erzieherin Mona breitet mit einem Schwung die Decke über ihr aus.

ERZIEHERIN MONA HEIM 1

Jetzt aber gute Nacht.

BENNI

Bleib da, Erzieherin.

ERZIEHERIN MONA HEIM 1

Benni, du weißt, wie ich heiße.

Mona wartet auf eine Reaktion, aber die kommt nicht. Sie setzt sich zu Benni aufs Bett. Benni nimmt Monas Hand und legt sich mit dem Oberkörper darauf.

BENNI

Wo komm ich jetzt hin, Erzieherin?

ERZIEHERIN MONA HEIM 1

Ich weiß nicht. Es gibt bald nicht mehr viel Auswahl. In eine andere Wohngruppe wahrscheinlich. Frau Bafané findet schon was für dich, aber du musst dich da benehmen.

Benni nickt artig und hält Monas Hand unter ihrem Oberkörper.

BENNI

Bei Mama darf ich zum Einschlafen immer fernsehen.

ERZIEHERIN MONA HEIM 1

Du kennst unsere Regeln hier.

BENNI

Bleib da, bis ich eingeschlafen bin.

ERZIEHERIN MONA HEIM 1

Okay. Aber lass meine Hand frei.

Benni zieht Erzieherin Monas Hand noch fester unter sich und macht die Augen zu. Mona beobachtet Benni traurig.

12. INNEN: FLUR KINDERHEIM 2 / TAG

FRAU BAFANÉ (56), eine füllige Dame mit weitem, lilafarbenem Gewand und silbernem Pferdeschwanz, steht neben Benni in einem Hausflur mit vielen Kinderjacken und -schuhen und blinzelt sie zuversichtlich an. Benni wirkt schüchtern und schiebt sich hinter Frau Bafané. Ihre Wunden im Gesicht sind inzwischen ein wenig verheilt.

Sieben Kinder zwischen 5 und 14 Jahren stellen sich wie bunt durchmischte Orgelpfeifen vor ihnen auf und sagen ihre Namen.

KINDER

Luzie, Coco, Chantal, Jannick, Basti, Marco, Janina...

Ein dünner, gut gelaunter ERZIEHER ROBERT (29) steht daneben und grinst.

ERZIEHER ROBERT HEIM 2

Na bitte, wer sagt's denn. Haben wir Monate geprobt, extra für euch. Und meine Wenigkeit: Robert.

FRAU BAFANÉ

Hallo! Ich bin Maria Bafané vom Sozialen Dienst.

Sie schaut aufmunternd zu Benni, aber die sagt nichts, sondern nimmt stattdessen Frau Bafanés Hand.

ERZIEHER ROBERT HEIM 2

Hier wird keiner zum Reden gezwungen. Manchmal red ich den ganzen Tag kein Wort, ehrlich.

Die Kinder kichern. Benni schaut ihn skeptisch an.

FRAU BAFANÉ

Benni ist am Anfang immer etwas schüchtern.

ERZIEHER ROBERT HEIM 2

Na dann, willkommen bei uns und hereinspaziert in die gute Stube. Regel Nummer 1: Schuhe aus. Sonst gibt's kein Essen, sondern täglich Kellerputzen...

Ein paar Kinder kichern wieder. Benni hält Frau Bafané wie ein kleines Kind an der Hand. Sie ziehen sich die Schuhe aus.

ERZIEHER ROBERT HEIM 2 (CONT'D)
Regel Nummer 2 kommt noch früh genug. Wer macht denn mit Benni eine Schlossführung, während ich Kaffee koche?

Ein Mädchen mit Brille, JANINA (10), streckt ihre Hand ganz weit hoch und strahlt voller Vorfreude.

ERZIEHER ROBERT HEIM 2 (CONT'D)
Na jut, Janinchen, dann los...

13. INNEN: FERNSEHZIMMER KINDERHEIM 2 / TAG

Das Haus ist verwinkelt, wie ein großes Einfamilienhaus mit vielen Zimmern und Garten. Janina und Benni betreten das Fernsehzimmer. Dort sitzen zwei Teenager und schauen kurz hoch, ohne richtig zu grüßen.

JANINA
Hier dürfen wir fernsehen, aber nur, wenn wir Hausaufgaben gemacht haben. Dann gibt's 'nen Mediengutschein. Jeder darf eine halbe Stunde entscheiden, was geguckt wird. Magst du fernsehen?

BENNI
Jeder mag fernsehen.

JANINA
(strahlend) Ja, ich auch!

14. INNEN: BADEZIMMER KINDERHEIM 2 / TAG

Die beiden stehen in einem extrem sauberen Badezimmer. Janina beobachtet Benni neugierig, während sie redet.

JANINA
Hier sind die Fächer. Wir müssen jeden Tag duschen. Voll nervig. Donnerstag ist Großreinemachen, da müssen wir sogar wischen.

BENNI
Mir egal. Ich zieh eh bald zu Mama.

JANINA
Oh, hast du's gut.

15. INNEN: WOHNKÜCHE KINDERHEIM 2 / TAG

Frau Bafané sitzt vor einer Tasse Kaffee und einem Stück Blechkuchen in der hellen Wohnküche. Neben ihr sitzt Robert. Durch eine große Fensterfront sieht man in den Garten, auf dem Tisch liegen mehrere dicke Ordner.

FRAU BAFANÉ
Danke, dass Sie Benni eine Chance geben. Ich weiß, das ist nicht selbstverständlich bei der Akte.

ERZIEHER ROBERT HEIM 2
Also noch haben wir nicht zugesagt.

Frau Bafané lächelt freundlich.

FRAU BAFANÉ
Wovon hängt Ihre Entscheidung ab?

ERZIEHER ROBERT HEIM 2
Wir entscheiden im Team, nach einer Probezeit von 4 Wochen.

FRAU BAFANÉ

Benni würde sich hier bei Ihnen sicher wohlfühlen. Und ich habe einen neuen Schulbegleiter in Aussicht. Er ist ausgebildeter Anti-Aggressivitäts-Trainer und arbeitet normalerweise mit straffälligen Jugendlichen. Der sollte mit ihr klarkommen und das wird Sie entlasten.

Frau Bafané isst ein Stück Kuchen. Durch die Fensterfront sieht man Janina und Benni im Garten zum Hasenstall gehen. Janina nimmt ein Kaninchen heraus und reicht es Benni. Die Erwachsenen beobachten die Kinder.

ERZIEHER ROBERT HEIM 2

Macht sich doch ganz gut.

FRAU BAFANÉ

Das mit ihrem Gesicht haben Sie gelesen, oder?

ERZIEHER ROBERT HEIM 2

Ich kam noch gar nicht dazu.

FRAU BAFANÉ

Nicht anfassen. Sonst flippt sie aus. Frühkindliches Gewalttrauma. Waschen und eincremen macht sie selbst. Wir warten auf einen Platz in der Traumatherapie.

ERZIEHER ROBERT HEIM 2

Aber?

FRAU BAFANÉ

Es heißt, sie sei erst therapierbar, wenn sie irgendwo angekommen ist.

Robert schüttelt den Kopf. Frau Bafané zögert kurz.

FRAU BAFANÉ (CONT'D)

Die Mutter sagt, ihr wurden als Baby Windeln ins Gesicht gedrückt.

Robert pfeift durch die Zähne. Draußen steht Benni mit dem Kaninchen auf ihrem Arm.

FRAU BAFANÉ (CONT'D)
Aber wir wissen es nicht sicher. Sie beschuldigt Bennis Vater, aber es wurde nie verfolgt. Ich habe ihn bis heute nicht getroffen. Frau Klaaß hat das alleinige Sorgerecht und sollte heute eigentlich mitkommen – na ja, Mailbox.

Sie lächelt Erzieher Robert resigniert an.

ERZIEHER ROBERT HEIM 2
Sonst wär's ja langweilig, oder?

FRAU BAFANÉ
Dass Benni sich hier vorstellen darf, ist schon ein kleines Wunder.

ERZIEHER ROBERT HEIM 2
Ach, glauben Sie mir mal, wir hatten hier schon ganz andere Kaliber...

Frau Bafané wirkt skeptisch. Benni beobachtet von draußen misstrauisch die Erwachsenen. Frau Bafané winkt ihr zu.

16. INNEN: AUTO FRAU BAFANÉ (VOR KINDERHEIM 1) / TAG

Benni und Frau Bafané fahren zurück. Benni sitzt vorne und singt laut zu einem Lied im Radio auf Fantasie-Englisch mit.

BENNI
A a follo a follo yu tipsy baby...

FRAU BAFANÉ
Es ist sehr schön in der Wohngruppe. Oder was meinst du?

Benni singt weiter mit. Der Wagen hält vor Kinderheim 1. Es ist ein großer 50er-Jahre-Bau mitten in der Stadt.

BENNI

Warum war Mama nicht da?

FRAU BAFANÉ

Ich weiß es nicht. Aber wenn ich was von ihr höre, sage ich dir Bescheid.

BENNI

Du bist ganz lieb, Frau Bafané.

Benni nimmt Frau Bafané impulsiv in den Arm. Frau Bafané lächelt überrascht von der plötzlichen Zuneigung.

FRAU BAFANÉ

Du auch.

Frau Bafané drückt sie an sich, wird dann aber ernst.

FRAU BAFANÉ (CONT'D)

Dieses Mal muss es klappen, Benni! Okay? Du willst doch nicht wieder so lange in die Klinik, oder?

Benni schüttelt mit großen Augen den Kopf. Dann steigt sie aus und rennt gefährlich nah vor einem hupenden Auto über die Straße, um kurz darauf in dem grauen Gebäude zu verschwinden. Frau Bafané nimmt ihr Handy und wählt eine Nummer. Tuten. Nach einer Weile meldet sich eine automatische Mailbox.

FRAU BAFANÉ (CONT'D)

Frau Klaaß, hier spricht Frau Bafané. Wir waren heute verabredet, um die neue Wohngruppe für Benni zu besichtigen. Es gefällt ihr dort gut und ich brauche wie immer Ihre Einwilligung. Also melden Sie sich doch bitte, so schnell es geht, bei mir. Tschüss.

Genervt legt sie auf.

FRAU BAFANÉ (CONT'D)
(leise) Blöde Kuh.

Oben am Fenster steht Benni mit ihrem Drachen unterm Arm und klopft gegen die Scheibe. Sie macht wilde Bewegungen, damit Frau Bafané sie sieht. Gerührt winkt Frau Bafané zurück.

17. INNEN: UNTERSUCHUNGSZIMMER KINDERPSYCHIATRIE / TAG

Benni liegt mit freiem Oberkörper auf einer Liege, man sieht neben den blauen Flecken auch viele Narben auf ihrer Haut. Elektroden kleben auf ihrer Brust und eine Maschine misst ein EKG. Erzieher Wolfgang sitzt neben ihr.

Eine JUNGE ÄRZTIN (31) schaut sich das EKG-Ergebnis auf dem aus der Maschine kommenden Zettel an, bis der Vorgang stoppt.

JUNGE ÄRZTIN
Sieht alles gut aus, Benni. Wie verträgst du die Medikamente?

BENNI
Gut.

JUNGE ÄRZTIN
Nimmst du sie auch regelmäßig?

Benni nickt. Die Ärztin schaut zu Wolfgang, dessen Mimik drückt aus "Mal so, mal so".

JUNGE ÄRZTIN (CONT'D)
Du kannst dich anziehen. Wie ist dein Appetit?

BENNI

Gut.

Routiniert befreit sich Benni von den Messelektroden und reicht sie der Ärztin. Die Ärztin betrachtet Bennis Narben im Gesicht, während diese sich anzieht.

JUNGE ÄRZTIN

Wir werden die Dosis deiner Medikamente noch etwas erhöhen. Das hilft, dass du dich besser kontrollieren kannst, wenn du wütend wirst. Wenn du merkst, dass du müde bist oder keinen Hunger hast, sagst du Bescheid, ja?

Benni nickt und bekommt von der Ärztin einen Bonbon. Eigentlich ist alles gesagt, aber die Ärztin hat etwas auf dem Herzen.

JUNGE ÄRZTIN (CONT'D)

Gehst du wieder zur Schule?

BENNI

Nö.

ERZIEHER WOLFGANG HEIM 1

Immer noch suspendiert.

Benni zuckt mit den Schultern.

BENNI

Ist eh 'ne Schule für Behinderte.

Benni sitzt mürrisch auf der Liege und isst den Bonbon.

JUNGE ÄRZTIN

Gib der Schule noch eine Chance. Du bist schlau und wenn du später mal einen Beruf haben willst...

BENNI

Jaaaa, ich weiß.

JUNGE ÄRZTIN

Was willst du denn mal werden?

Benni schaut sie ganz offen an.

BENNI

Erzieherin.

Die junge Ärztin zieht amüsiert die Augenbrauen hoch. Wolfgang verbirgt sein Grinsen.

18. INNEN: ZIMMER BENNI KINDERHEIM 2 / TAG

Benni räumt routiniert eine große Reisetasche aus. Ihr neues Zimmer ist bunt gestrichen und mit IKEA Kindermöbeln eingerichtet. Sie setzt behutsam den Drachen auf ihr Bett.
Dann nimmt sie einen großen Stapel Fotoalben aus der Tasche und legt ihn erst mal auf dem Bett ab. Als Drittes holt sie ein gerahmtes Foto von einer Frau mit drei Kindern - eines davon sie selbst - aus der Tasche und stellt es auf den Nachttisch.

Draußen hört man eine Männerstimme, Benni geht zum Fenster. Sie sieht auf den eingezäunten Vorgarten und die kleine Straße dahinter. Die Gegend wirkt gutbürgerlicher als die von Kinderheim 1. Auf dem Gehweg steht ein Mann mit kurz geschorenen Haaren vor einem alten, grau-lila VW Kombi, er telefoniert laut und konzentriert mit jemandem. So ganz passt er nicht rein in die Umgebung.

19. INNEN: BADEZIMMER KINDERHEIM 2 / TAG

Benni steht in dem Badezimmer, das sie mit Janina besichtigt hat, und stellt ihre Zahnbürste zwischen die vielen anderen Zahnbürsten in einen roten Zahnputzbecher.

Sie legt ihren kleinen Kulturbeutel in ein freies Regalfach. Dann schaut sie neugierig in die übrigen Regalfächer, in denen die Sachen der anderen Kinder stehen.

20. INNEN: ZIMMER BENNI KINDERHEIM 2 / TAG

Benni nähert sich ihrem Zimmer am Ende des Flures. Die Tür ist offen und jemand steht vor ihrem Bett. Sie bremst ab, pirscht sich an und bleibt vor der Tür stehen. Sie erkennt den Mann, der eben noch auf der Straße telefoniert hat und der sich jetzt in ihrem Zimmer befindet. MICHA (34) bemerkt Benni nicht, sondern klappt gerade ein gefaltetes Eulen-Poster auseinander.

BENNI

Was machst du da?

MICHA

Oh, hi. 'Tschuldige, ich wollte nur kurz mal reinschauen.

BENNI

Das ist mein Zimmer.

MICHA

Ich weiß. Das ist 'n super Poster. Eulen sind meine Lieblingstiere.

Benni betritt ihr Zimmer und bleibt in einigem Abstand zu ihm stehen. Misstrauisch beobachtet sie Micha und das Poster, auf dem man zwei flauschige Eulenjunge sieht.

MICHA (CONT'D)

Brauchst du Hilfe beim Aufhängen?

Benni schüttelt den Kopf und macht ein Geräusch für "Nein". Sie beobachtet Micha abwartend, aber neugierig.

MICHA (CONT'D)

Hast du schon mal welche in echt gesehen?

BENNI

Ja, im Zoo...

MICHA

Ich sogar in echt im Wald. Früher wollte ich eine als Haustier haben. Wurde mir aber nicht erlaubt.

BENNI

Warum kaufst du dir nicht jetzt eine, du bist doch erwachsen.

MICHA

Weiß ich auch nicht. Eigentlich gute Idee. Aber dann muss ich ja tagsüber immer leise sein, um sie nicht zu wecken.

Benni schaut Micha kurz amüsiert an. Micha deutet auf die vielen Fotoalben.

MICHA (CONT'D)

Sind das alles deine?

BENNI

Ja. Immer, wenn die mich rausschmeißen, kriege ich eins.

MICHA

Wow, nicht schlecht. Darf ich mal eins anschauen?

Benni überlegt, dann setzt sie sich aufs Bett. Micha setzt sich daneben auf den Boden. Benni zieht ein buntes Fotoalbum aus dem Stapel und schlägt es auf.

BENNI

Das ist von meiner zweiten Pflegemama Silvia. Die war lieb.
(MORE)

BENNI (CONT'D)

Ich hatte ein Aquarium ganz für mich alleine. Mein liebster Fisch hieß Käpt'n Hook und war gelb mit schwarzen Streifen...

Benni durchblättert ein Album mit Familienbildern. Es ist eine andere Frau darauf zu sehen als die auf dem Nachttisch. Sie nimmt ein weiteres Fotoalbum in die Hand.

BENNI (CONT'D)

Und hier. Das war im Kinderhaus Kaiserstraße, guck mal, Fasching!

Man sieht Benni als Zorro in einer Gruppe mit vielen verkleideten Kindern stehen.

MICHA

Zorro, cool. Ich war immer Panzerknacker...

Benni grinst, sie beobachtet Micha heimlich von der Seite.

MICHA (CONT'D)

Und die anderen?

BENNI

Egal.

Man hört jemanden energisch die Treppe hochlaufen. Schnell packt Benni den ganzen Stapel in die Tasche. Erzieher Robert betritt grinsend das Zimmer.

ERZIEHER ROBERT HEIM 2

Ah super, ihr habt euch schon beschnuppert. Ich kam da unten nicht weg. Basti und Mathe, auweia. Und, was meinste, Benni?

Benni versteht nicht. Micha ist die Situation unangenehm.

MICHA

(zu Benni)
Ich hab mich noch gar nicht vorgestellt... Ich bin Micha. Frau Bafané hat mich beauftragt, damit wir zwei zusammen zur Schule gehen.

Die Stimmung schlägt um. Benni starrt Micha feindselig an.

BENNI

(drohend)
Ich geh aber nicht in die Schule!

ERZIEHER ROBERT HEIM 2

In unserem Land ist nun mal leider Schulpflicht, Benni. Da gibt's nix zu rütteln, auch für dich nicht.

BENNI

Verpisst euch, ihr Arschwichser.

Micha steht auf und geht Richtung Zimmertür. Robert verschwindet im Flur. Micha bleibt noch einen Moment in der Tür stehen.

MICHA

Hat mich trotzdem gefreut, dich kennenzulernen, Benni.

Da steht Benni auf und tritt hart die Tür zu.

21. INNEN: WOHNKÜCHE KINDERHEIM 2 / ABEND

Es herrscht ein hoher Geräuschpegel in der Wohnküche. Acht Kinder wuseln durcheinander, zwei decken den Tisch. Die patent wirkende ERZIEHERIN KATI (23) läuft dazwischen umher.

Benni steht abseits und wird von allen neugierig beäugt. Zwei Kleine streiten sich, wer neben Benni sitzen darf.

ERZIEHERIN KATI HEIM 2

Mal ganz ruhig jetzt. Wir setzen uns erst mal alle hin... Benni, du kannst hier zu mir kommen.

Benni setzt sich zu Erzieherin Kati. Janina setzt sich neben sie. Benni nimmt sich ein Brot und legt Käse darauf.

MARCO HEIM 2

Ey, das darfst du nicht! Du musst warten, bis wir "Guten Appetit" sagen.

ERZIEHERIN KATI HEIM 2

Psssscht, Marco.
(zu Benni)
Benni, warte bitte, bis wir uns alle "Guten Appetit" wünschen. So sind hier die Regeln. Das kennst du doch bestimmt von den anderen Gruppen...

BENNI

Guten Appetit!

Mit den Worten beißt sie demonstrativ in das Stück Brot. Einige Kinder kichern, Kati atmet genervt aus.

ERZIEHERIN KATI HEIM 2

Weil du neu bist, lass ich dir das heute durchgehen. Ab morgen hältst du dich an die Tischregeln, ja?

BENNI

(mit vollem Mund) Jaaaaaaaaaa....

Dabei lässt sie Essen auf ihren Teller fallen. Ein paar Kinder rufen laut "IIIIIIIH". Kati übergeht es.

ERZIEHERIN KATI HEIM 2

Also, Kinder: "Guten Appetit".

ALLE KINDER HEIM 2

(einige schreiend) Guten Appetit!

Die Kinder essen und reden durcheinander, sie sind nicht sehr freundlich im Umgang miteinander. Erzieherin Kati holt eine Tablette, die sie neben Bennis Becher legt.

ERZIEHERIN KATI HEIM 2

Zweimal am Tag, stimmt's?

BENNI

Nö. Ich nehm das nicht.

ERZIEHERIN KATI HEIM 2

Komm schon, Benni. Du kriegst die doch schon lange...

BENNI

Ich muss die nicht mehr nehmen!

ERZIEHERIN KATI HEIM 2

Also mir wurde was anderes gesagt.

BENNI

Ich bin fertig.

Benni will aufstehen und schiebt ihren Stuhl weg.

ERZIEHERIN KATI HEIM 2

Du bleibst bitte sitzen und nimmst deine Tablette.

BENNI

(brüllt)

NIMM DU DOCH DIE SCHEIßTABLETTE!

Benni fegt die Tablette samt Becher und Teller vom Tisch. Die Kinder hören auf zu essen, gespannt, wie Kati reagiert.

BENNI (CONT'D)

Du hast mir gar nichts zu sagen.

Benni dreht sich auf dem Stuhl nach hinten und schaut mit verschränkten Armen Richtung Wand.

ERZIEHERIN KATI HEIM 2

In Ordnung. Du bleibst hier sitzen, bis du den Teller aufgehoben hast. Wir gehen gleich Fernsehen gucken und freuen uns, wenn du kommst.

JANINA

(flüstert)
Heb den Teller auf, sonst darfst du nicht mit uns fernsehen!

Die Kinder bringen ihre Teller zur Spülmaschine, die zwei mit Tischdienst räumen den Rest ab. Einige rennen direkt zum Fernseher. Benni bleibt regungslos sitzen.

ERZIEHERIN KATI HEIM 2

(ruft hinterher) Halt, erst Zähne putzen!

Ein kleines Mädchen COCO (6) zieht vehement an ihr.

COCO

Kati, hilfst du mir? Biiiittte?

ERZIEHERIN KATI HEIM 2

Na gut, Hase, ich komme gleich. (zu Benni)
Bin gleich wieder da, Benni. Dann können wir noch mal in Ruhe reden.

Benni starrt reglos geradeaus gegen das dunkle Fenster.

22. INNEN: BADEZIMMER KINDERHEIM 2 / ABEND

Kati hilft Coco, Zahnpasta auf ihre Bürste zu tun. Sie wirkt ein wenig erschöpft.

COCO
Warum ist die so frech?

Die Kleine beginnt, mit unbeholfenen Bewegungen zu putzen.

ERZIEHERIN KATI HEIM 2
Ach, weißt du, Hase. Es ist manchmal nicht so einfach, das neue Kind zu sein. Sie braucht noch ein bisschen, um hier bei uns anzukommen.

23. AUSSEN: MEHRSPURIGE STRASSE / NACHT

Benni rennt quer über eine mehrspurige, stark befahrene Straße. Autos hupen sie an.

BENNI
(brüllt) HURENSÖHNE!

Auf der anderen Seite angekommen, streckt sie den Daumen raus. Keiner hält, Autos rasen vorbei. Sie nimmt alte Dosen, die auf dem Boden liegen, und wirft sie auf die Autos. Noch mehr Autos hupen, Benni zeigt ihnen den Mittelfinger.

Plötzlich hält eine silberne A-Klasse. Eine NETTE AUTOFAHRERIN (54) öffnet die Beifahrertür.

NETTE AUTOFAHRERIN
(besorgt)
Was machst du denn hier, Mädchen?

BENNI
Kannst du mich mitnehmen nach Helmstedt, bitte, bitte?

NETTE AUTOFAHRERIN
Ich fahr da gar nicht hin. Nur bis Salzgitter... Du hast ja gar keine Jacke an!

24. INNEN: AUTO NETTE AUTOFAHRERIN / NACHT

Benni setzt sich ins Auto und schließt die Tür. Sie bibbert ein wenig und grinst dabei die Autofahrerin charmant an.

NETTE AUTOFAHRERIN
Hast du dich verlaufen?

BENNI
Ich muss in die Martin-Luther- Straße 25 nach Helmstedt. Kannst du mich dahin fahren, bitte, bitte?

Die nette Autofahrerin weiß nicht, was sie davon halten soll.

NETTE AUTOFAHRERIN
Du kannst doch nicht einfach bei fremden Leuten ins Auto steigen, Mädchen! Warum bist du denn nicht zu Hause um die Zeit?

BENNI
Du bist doch lieb, das seh ich ja.
(dann mit Hundeblick)
Kannst du mich nicht ein biiisschen in die Richtung fahren, bitte?

Die nette Autofahrerin seufzt und startet den Wagen.

NETTE AUTOFAHRERIN
Du bist mir ja eine. Wo sind denn deine Eltern?

BENNI
Na, in Helmstedt. Weisst du. Ich bin im Zug zu weit gefahren und hab meine Tasche drin vergessen.

NETTE AUTOFAHRERIN

Ach du liebe Zeit, deine Eltern haben sicher die Polizei verständigt. Am besten rufen wir sie direkt an.

BENNI

Nein, das ist ja eine Überraschung. Mama hat morgen Geburtstag.

NETTE AUTOFAHRERIN

Ach so? Und woher kommst du?

BENNI

(sehr schnell)
Ich war bei Oma für ein paar Tage. Sie ist alt und braucht manchmal Hilfe, weißt du?

Die nette Autofahrerin schaut Benni prüfend an.

NETTE AUTOFAHRERIN

Na gut, meinetwegen. Mein Mann ist eh nicht da heute Abend.

BENNI

Danke! Siehst du, du bist lieb!

NETTE AUTOFAHRERIN

Nächstes Mal passt du auf im Zug.

BENNI

Versprochen!

Der Wagen fährt inzwischen über die Autobahn.

NETTE AUTOFAHRERIN

Wie alt bist du überhaupt?

BENNI

Neun drei viertel. Am 23. Februar werde ich zehn. Und du?

NETTE AUTOFAHRERIN
Schon 54. Ich heiße Anneliese.

BENNI
Ich heiße Benni.

NETTE AUTOFAHRERIN
Das ist ja ein Jungenname...

BENNI
Nö. Eigentlich heiß ich Bernadette. Aber den Namen hasse ich.

NETTE AUTOFAHRERIN
Ist doch ein schöner Name.

BENNI
Voll der Tussiname.

Die nette Autofahrerin bietet Benni einen Bonbon an.

NETTE AUTOFAHRERIN
Und, Benni, in welche Klasse gehst du?

BENNI
In die fünfte. Ich hab schon zwei Klassen übersprungen.

NETTE AUTOFAHRERIN
Zwei gleich? So schlau bist du?

BENNI
Hmm.

NETTE AUTOFAHRERIN
Wirklich? Da sind deine Eltern bestimmt sehr stolz auf dich.

BENNI

Die haben mir einen eigenen Hund gekauft zur Belohnung.

NETTE AUTOFAHRERIN

Hui. Ganz schön nette Eltern! Wie heißt er denn?

BENNI

Er heißt King T-Rex. Außerdem ist mein Vater berühmt und hat ganz viel Geld.

NETTE AUTOFAHRERIN

Ach so. Wie heißt er denn, vielleicht kenne ich ihn ja?

BENNI

Cristian... Ronaldo!

Die nette Autofahrerin schmunzelt.

NETTE AUTOFAHRERIN

Hab ich, glaube ich, schon mal gehört.

25. AUSSEN: HINTER HAUS BIANCA / NACHT

Mit geübten Bewegungen zwängt sich Benni durch ein kaputtes Kellerfenster.

26. INNEN: TREPPENHAUS BIANCA / NACHT

Benni rennt die Treppen eines länger nicht renovierten Wohnhauses hoch. Sie nimmt immer zwei Stufen auf einmal. Eine ÄLTERE NACHBARIN (68) kommt ihr entgegen.

ÄLTERE NACHBARIN

Nanu, Benni?

BENNI

Hallo, Frau Sander.

Benni rennt zwei Stockwerke weiter und klingelt an einer Tür, vor der sich Kinderspielzeug stapelt. Ein dünner Junge im Jogginganzug, LEO (6), öffnet die Tür.

27. INNEN: FLUR WOHNUNG BIANCA / NACHT

Benni gibt Leo einen Klaps auf den Hinterkopf und betritt die Wohnung. Leo schaut sie skeptisch an.

BENNI

Na, Krümel?

LEO

Na.

Benni zieht sich schnell die Schuhe aus.

BENNI

Ist Mama da?

LEO

Nee. Was machst du hier?

BENNI

Ich wohn jetzt wieder hier.

LEO

Ehrlich?!

Die Wohnung ist sauber und ordentlich. Benni schaut kurz in die Zimmer und folgt dann den Geräuschen des Fernsehers.

28. INNEN: WOHNZIMMER & KÜCHE WOHNUNG BIANCA / NACHT

Auf dem Sofa sitzt ein kleines Mädchen, ALICIA (3), und guckt einen CSI-Verschnitt. Benni geht direkt zum Fenster und winkt der netten Autofahrerin, dass sie heile angekommen ist.

BENNI

(leise)
Na los, fahr endlich...

Man sieht das Auto losfahren. Benni winkt noch mal schnell, dann springt sie auf Alicia und knutscht sie ab.

Alicia kichert und wehrt sich. Dann nimmt Benni die Fernbedienung und schaltet um.

BENNI (CONT'D)

So was sollt ihr nicht gucken. Hier, das da dürft ihr.

Sie stoppt bei einem Zeichentrickkanal. Alicia ist glücklich, aber Leo beginnt zu kreischen.

LEO

DAS IST FÜR BABIES! SCHALT SOFORT WIEDER UM ODER ICH GEB DIR EINE!

Benni hält die Fernbedienung in die Höhe, Leo kommt nicht ran. Sie fangen an, sich zu prügeln, Benni ist deutlich stärker und drückt Leo auf den Boden.

LEO (CONT'D)

Lass mich!

BENNI

Gibst du jetzt Ruhe?

LEO

Ja.
(leise)
Arschkuh.

Benni drückt Leo noch einmal fest auf den Boden, er schreit.

LEO (CONT'D)

Auuuuuuuuaa... war nur Spaß.

Benni lässt von ihm ab, er setzt sich beleidigt aufs Sofa.

BENNI

Habt ihr was gegessen?

ALICIA

Huuuunger! Ich hab Hunger!!

Benni geht in die Küche und sucht nach Essbarem. Im Kühlschrank ist nicht viel, aber sie findet Milchbrötchen und Kinder Riegel, die sie auf einem Teller ins Wohnzimmer bringt. Die beiden Kleinen greifen hungrig danach, gemeinsam schauen sie fern.

In diesem Moment hört man den Schlüssel im Schloss. Sofort kommt Spannung in die Kinderkörper.

BENNI

Mamaaaa?!!

Eine blasse Frau, BIANCA (29), betritt das Wohnzimmer.

BIANCA

Ach du liebe Zeit! Benni...

Benni springt auf und rennt ihrer Mama freudig in die Arme. Bianca umarmt ihre Tochter, aber sie wittert nichts Gutes.

BIANCA (CONT'D)

Wissen deine Betreuer, dass du hier bist, mein Schatz?

Benni will Bianca gar nicht mehr loslassen.

BENNI

Mamaaaaaaaaa!

LEO

Benni wohnt jetzt wieder hier!

Jetzt hört man noch eine andere Person im Flur. Über Biancas Schulter entdeckt Benni JENS (35), der gerade seine Schuhe auszieht. Sofort geht ihr Körper auf Abwehrhaltung.

BENNI

Was macht der hier?

Jens kommt ins Wohnzimmer, setzt sich aufs Sofa und nimmt die Fernbedienung. Er schaltet um auf Sport.

JENS

Na, Benni, auch mal wieder da?

BENNI

Du hast gesagt, er kommt nicht mehr hierher, Mama!

Benni greift sich einen Kerzenständer als Waffe und stellt sich vor den Fernseher.

BENNI (CONT'D)

Du musst jetzt wieder gehen!

JENS

Das wüsst ich aber.

Bianca wird nervös.

BIANCA

Bleib ganz ruhig, Benni. Nicht ausrasten. Jens wohnt hier nur für ein paar Tage...

JENS

Geh bitte vom Fernseher weg.

Leo und Alicia sitzen eingeschüchtert auf dem Sofa.

BENNI

Sag ihm, dass er gehen muss!

BIANCA

Benni, es ist besser, wir rufen jetzt deine Betreuer an.

BENNI

Nein!!

Jens steht auf und schiebt Benni mit einem Ruck zur Seite. Benni hebt die Waffe wieder hoch, ihr Gesicht wird rot.

BENNI (CONT'D)

VERPISS DICH! HAU AB!!

JENS

Benimm dich lieber, Benni. Verstehst du, was ich sage?

BIANCA

Ich ruf jetzt die Wohngruppe an.

BENNI

NEIN, MAMA!!

Bianca geht zum Telefon im Flur und wählt eine Nummer. Benni schaut Bianca nach, Schweiß sammelt sich auf ihrer Stirn.

BENNI (CONT'D)

NEIN!!!

Benni rennt in den Flur zu ihrer Mutter.

29. INNEN: FLUR WOHNUNG BIANCA / NACHT

Benni beginnt, mit dem Kerzenständer auf ihre Mutter einzuschlagen. Bianca schreit und hält sich die Arme schützend vor den Körper, während Benni auf sie einprügelt.

BIANCA

(schreit)
HÖR AUF, AUA... HÖR AUF!

Alles geht jetzt sehr schnell. Jens springt auf, kommt in den Flur gerannt und reißt Benni den Kerzenständer aus den Händen. Im Hintergrund hält Leo Alicia die Augen zu.

30. INNEN: KINDERZIMMER WOHNUNG BIANCA / NACHT

Jens schleift die tobende Benni in das Kinderzimmer. Sie spuckt nach ihm, er kann sie nur schwer in Schach halten. Als sie ihn mit voller Wucht tritt, haut er ihr hart gegen den Kopf.

Dann sperrt er die schreiende Benni in den Schrank. Von innen tritt sie gegen die Schrankwand, die zu brechen droht.

JENS

(brüllt)
LASS DEINE MUTTER IN RUHE, DIE DREHT NOCH DURCH WEGEN DIR!
(zu Bianca) Ruf die Polizei.

Bianca steht apathisch in der Tür. Jens schiebt einen Schreibtisch vor den Schrank.

BIANCA

Bitte nicht.

JENS

(brüllt)
RUF DIE SCHEISSBULLEN AN!

Bianca geht zum Telefon.

31. INNEN: SCHRANK WOHNUNG BIANCA / NACHT

Benni sitzt zitternd und wimmernd im Schrank. Die dumpfen Geräusche von draußen erinnern an den Albtraum. Ein minimaler Lichtstrahl streift ihr Gesicht. Stimmen nähern sich.

BIANCA (O.S.)

Sie ist hier drin. Wir wussten uns nicht anders zu helfen.

POLIZISTIN (O.S.)

Hallo, Benni. Wir sind von der Polizei und bringen dich jetzt wieder nach Hause.
(Pause)
Wir kennen uns schon, Benni. Du brauchst keine Angst zu haben. Wir machen jetzt den Schrank auf...

Benni hört, wie jemand den Tisch wegschiebt.

32. INNEN: KINDERZIMMER & FLUR WOHNUNG BIANCA / NACHT

Die Schranktür öffnet sich und Benni stürmt heraus. Im Raum stehen Bianca und zwei POLIZISTEN (45 & 21), ein Mann und eine Frau. Benni klammert sich an Bianca fest und vergräbt den Kopf in ihrem Bauch. Bianca schaut unglücklich zu den Polizisten.

BIANCA

Lass los, Schatz. Du bist doch mein Schatz, Benni. Jetzt sei brav, ja?

Sie bugsiert Benni aus dem Zimmer und durch den Flur. Im Wohnzimmer sieht man Jens mit Leo und Alicia vor dem Fernseher sitzen. Als Benni merkt, dass sie sich der Eingangstür nähern, klammert sie sich noch fester an Bianca.

BIANCA (CONT'D)

Benni, du musst jetzt loslassen. Ich besuche dich ganz bald, mein Fräulein, ja? Versprochen!

Bianca löst Benni ganz vorsichtig aus der Umklammerung. Sie geht in die Knie auf Bennis Augenhöhe. Bennis Gesicht ist rot und verheult. Im Hintergrund telefoniert der Polizist mit der Wohngruppe.

BIANCA (CONT'D)

Du hältst jetzt die Ohren steif, mein Schatz. Das kannst du doch. Das weiß ich, dass du das kannst.

BENNI

Ich will wieder bei dir wohnen.

BIANCA

Ich weiß, aber das geht gerade nicht...

BENNI

Warum nicht?!?

BIANCA

Das Jugendamt hat das entschieden. Ich kann da gar nichts machen. Du musst dich zusammenreißen und wenn du dich ordentlich benimmst und nicht mehr so ausrastest, darfst du auch wieder zu mir, mein Schatz.

BENNI

(laut)
Warum dürfen Leo und Alicia hier wohnen und ich nicht?!

Bianca schaut hilfesuchend zu der Polizistin.

POLIZISTIN

Komm, Benni, zieh mal lieber deine Schuhe an, wir fahren gleich.

Benni reagiert nicht.

BIANCA

Benni, mach, was die Frau sagt.

BENNI

Warum dürfen die hier wohnen und ich nicht?!! (nach einer Pause, leiser) Versprich mir, dass ich wieder bei dir wohnen darf.

BIANCA

Ja, mein Schatz, ich verspreche es.

Benni schaut Bianca fest an. Der Polizist hat nun aufgehört zu telefonieren und der Wohngruppe ihre Ankunft angekündigt.

BENNI

Wann kommst du mich besuchen?

BIANCA

Übermorgen... Versprochen! Am Nachmittag.

Benni zieht ihre Schuhe an und folgt der Polizei ins Treppenhaus. Bianca holt eine Jacke und hängt sie Benni um.

BIANCA (CONT'D)

Du kriegst noch einen Schnupfen.

BENNI

Ich hab dich lieb, Mama.

BIANCA

Ich dich auch, mein Fräulein. Ganz furchtbar dolle. Sei tapfer, ja?

Bianca nimmt Benni liebevoll, aber unsicher in den Arm. Sie ist den Tränen nah. Benni schaut ihre Mutter an, als sie die Treppe runtergehen. Bianca schließt schnell die Tür.

33. INNEN: POLIZEIAUTO (VOR HAUS BIANCA) / NACHT

Benni sitzt apathisch hinten im Polizeiauto, die Jacke ihrer Mutter um die Schultern. Die Polizistin dreht sich zu ihr.

POLIZISTIN

Brauchst du irgendwas, Benni? Ist dir kalt? Willst du was trinken?

Benni schüttelt den Kopf und schaut zur Wohnung hoch.

POLIZIST

Gut. Dann fahren wir dich mal nach Hause.

Benni sieht oben am Fenster Bianca, Leo und Alicia stehen und winken. Benni winkt nicht zurück. Dann fahren sie los.

34. ALBTRAUMSEQUENZ

Wieder die dumpfen Geräusche. Kurze Bilder eines schreienden Babys vermischen sich mit Fragmenten eines Zähne fletschenden Hundes und Bildern fliegender Spielzeuge. Lautes Hämmern gegen die Türen eines Schranks. Nebel, gleißendes Licht, Bennis kaum zu erkennender blonder Kopf. Blut tropft auf den Boden, wieder fliegen Spielzeuge. Langsam wird das Szenario der fliegenden Spielzeuge noch konkreter.

35. INNEN: WOHNKÜCHE KINDERHEIM 2 / TAG

Benni bewirft mit voller Kraft Erzieher Robert, Frau Bafané und Micha. Sie nimmt alles, was sie finden kann. Spielzeuge, Bücher und Legosteine fliegen durch den Raum. Die Erwachsenen ducken sich. Benni verschanzt sich hinter dem Sofa.

FRAU BAFANÉ

Benni, bitte.

BENNI

ICH GEH NICHT IN DIE SCHULE! DU KANNST MICH MAL! ARSCHLÖCHER!!!
(brüllt zu Micha)
HAU AB! VERPISS DICH!!! NA LOS!

Die Geschosse werden immer härter, die Erwachsenen flüchten in den Flur und schließen die Tür.

36. INNEN: FLUR KINDERHEIM 2 / TAG

Spielzeuge krachen weiter gegen die Tür. Ein paar Kinder schauen vom Treppenhaus und Fernsehzimmer aus in den Flur.

ERZIEHER ROBERT HEIM 2

Hier gibt's nix zu gucken, Leute!

Robert scheucht die Kinder hoch. Frau Bafané ist die Situation sichtlich unangenehm. Micha scheint amüsiert.

FRAU BAFANÉ

Es tut mir leid, Herr Heller. Benni hat so viele Bezugspersonen hinter sich... wissen Sie. Am Anfang ist es immer schwierig...

MICHA

Keine Sorge. Mit meinen Jungs dauert es manchmal Monate.

Frau Bafané schaut ihn unglücklich, aber hoffnungsvoll an. Ein weiteres Buch kracht gegen die Tür. Frau Bafané zuckt zusammen. Micha nimmt seine Jacke von der Garderobe und gibt den Erwachsenen die Hand.

MICHA (CONT'D)

Ich geh mal. Bis Donnerstag.

ERZIEHER ROBERT HEIM 2

Tschüss. Bis Donnerstag.

FRAU BAFANÉ

Auf Wiedersehen, Herr Heller.

37. AUSSEN & INNEN: GARTEN & WOHNKÜCHE KINDERHEIM 2 / TAG

Micha nähert sich vom Garten her dem großen Fenster zur Wohnküche. Benni sitzt immer noch hinter dem Sofa. Micha klopft gegen die Scheibe, Benni fährt herum und wirft ein Buch dagegen. Micha tut, als würde er das Buch mit viel Rückstoß auffangen und zurückwerfen. Benni schaut ihn wütend an. Micha bedeutet ihr mit den Händen, dass er jetzt geht und mit dem Auto wegfährt. Benni zeigt ihm den Mittelfinger.

Micha muss grinsen. Er holt aus seiner Hosentasche einen Bauklotz hervor, den Benni vorher nach ihm geworfen hat. Micha vertauscht den Stein verdeckt zwischen den Händen und hält schließlich zwei Fäuste vor die Scheibe. Benni reagiert nicht, aber ihr Blick wird neugieriger. Micha öffnet eine Hand, leer. Die andere, auch leer. Schließlich holt er den Stein aus seiner Jackentasche und legt ihn auf den Boden.
Dann hebt er die Hand zum Gruß und geht. Benni schaut ihm

nach, dann wieder schnell nach vorne. Aber sie ist neugierig und hält den Kopf doch noch mal an die Scheibe, bis sie Micha nicht mehr sehen kann.

38. AUSSEN: VOR KINDERHEIM 2 / ABEND

Windige Abenddämmerung. Benni sitzt mit wackelnden Beinen in einer dicken Jacke auf dem Bürgersteig vor dem Kinderheim 2, einem großen, rot gestrichenen Haus. Die geklaute rosafarbene Tasche hält sie fest umklammert. Kein Mensch ist auf der Straße zu sehen, Erzieher Robert kommt aus dem Haus.

ERZIEHER ROBERT HEIM 2
Komm, Benni. Sie kommt nicht schneller, wenn du krank wirst.

BENNI
Ich will aber hier warten.

Robert setzt sich neben Benni auf den Bürgersteig.

BENNI (CONT'D)
Kannst du sie anrufen?

ERZIEHER ROBERT HEIM 2
Okay. Ich probier es noch mal.

Er nimmt sein Telefon und wählt eine Nummer. Plötzlich macht er große Augen, Benni wirkt nun sehr aufgeregt.

ERZIEHER ROBERT HEIM 2 (CONT'D)
Hallo, Frau Klaaß, Robert Geduhn hier. Benni wollte fragen, ob Sie noch kommen. (...) Ja? Ach so. Okay.

Benni nimmt ihm aufgeregt das Telefon weg.

BENNI

Hallo, Mama? Wann kommst du denn? (Pause) Och, schaaaaade. Okay. Ja. Soll ich dir ein Lied singen? Ich hab mir ein Lied für dich ausgedacht! (fängt an zu singen)
Von allen Menschen auf der Welt hab ich dich am meisten lieb... Lieb bis zu dem Mond und den fernen Sternen, lieber als Schokoladeneis, lieber als Pommes frites...

Erzieher Robert starrt finster auf die Straße. Als Benni auflegt und ihm das Telefon gibt, lächelt er wieder.

BENNI (CONT'D)

Alicia ist krank. Da kann man nichts machen, das geht vor...

ERZIEHER ROBERT HEIM 2

So ist das wohl. Komm, wir gucken mal, wo die anderen stecken.

39. INNEN: ZIMMER BENNI KINDERHEIM 2 / NACHT

Es ist Nacht, alles dunkel in Bennis Zimmer. Ihr Bett ist leer. Die Geräusche sind dumpf und erinnern an den Albtraum.

Jetzt sehen wir Benni zusammengerollt im Wäschekorb liegen, wie ein kleines Paket. Ihren Drachen hat sie an sich geklammert. Sie schläft sehr unruhig.

40. ALBTRAUMSEQUENZ

Das Bild des Wäschekorbs vermischt sich mit Fragmenten von gleißendem Licht. Hände zerren an Haut. Kufen auf dem Eis. Das ganz nahe Gesicht einer Frau und eine Hand, die auf die Kamera drückt, vermischen sich mit Bildern eines Messers.

41. INNEN: WOHNKÜCHE KINDERHEIM 2 / TAG

Benni steht brüllend mit einem riesigen Küchenmesser in der Hand vor Micha. Ihr Gesicht ist rot, Schweiß steht auf ihrer Stirn. Sie fuchtelt mit dem Messer in seine Richtung.

BENNI

HAU AB!! ICH HASSE DICH, ARSCHLOCH!

Micha hält beide Hände hoch und geht einen Schritt zurück. Zwei kleine Kinder stehen verängstigt an der Wand.

MICHA

Ganz ruhig, Benni.

ERZIEHER ROBERT HEIM 2

Benni, leg das Messer weg. Kinder, geht ins Wohnzimmer.

MICHA

Ich komm morgen noch mal wieder.

BENNI

NEIN!!! DU KOMMST NIE WIEDER!!!
ICH GEHE NIE MEHR IN DIE SCHULE!

Benni geht mit dem Messer auf Micha zu, er weicht zurück. Die Kinder schreien noch lauter.

ERZIEHER ROBERT HEIM 2

Ich muss den Notarzt rufen.
(zu den Kindern)
Kinder, rüber jetzt.

MICHA

Nein, ich hau ab. Sie beruhigt sich gleich wieder.

ERZIEHER ROBERT HEIM 2
Benni, hast du gehört?

Micha geht.

BENNI
ICH BRING EUCH ALLE UM!

Benni wedelt mit dem Messer in Richtung Micha, droht dann auch den Kindern, die laut kreischen.

42. AUSSEN: VOR KINDERHEIM 2 / TAG

Zwei Krankenpfleger halten mit Mühe die tobende Benni fest, ein Notarzt steht dabei. Robert versucht, die anderen Kinder außer Reichweite zu kriegen. Micha steht ungläubig daneben. Die Krankenpfleger schnallen Benni auf eine Transportliege.

NOTARZT
Wir bringen dich ins Krankenhaus, Benni. Du bekommst jetzt eine Spritze, die dich beruhigen wird.

Benni bekommt, auf der Liege festgeschnallt, eine Spritze gesetzt. Sie tobt immer noch, ihre Schreie klingen verzweifelt. An den Fenstern und Türen schauen Kinder zu.

NOTARZT (CONT'D)
(zu Erzieher Robert) Fahren Sie mit?

ERZIEHER ROBERT HEIM 2
Ich kann nicht, ich muss bei den Kindern bleiben, aber ich kann meine Kollegin anrufen.

MICHA
Ich fahre mit, wenn es in Ordnung ist.

Robert überlegt kurz.

ERZIEHER ROBERT HEIM 2

Ja klar. Also, wenn du willst, gerne. Aber bleib vielleicht außerhalb ihrer Sichtweite…

MICHA

Ja, mache ich. Ich geb Bescheid, sobald ich etwas weiß.

ERZIEHER ROBERT HEIM 2

Danke.

Benni wird, immer noch randalierend, auf der Transportliege in den Krankenwagen geschoben.

43. INNEN: KRANKENWAGEN / TAG

Benni strampelt festgeschnallt um ihr Leben, ihr Gesicht ist knallrot. Die Krankenpfleger geben ihr eine weitere Spritze. Micha kann seinen Blick nicht von ihr wenden.

44. INNEN: FLUR KINDERPSYCHIATRIE / TAG

Benni wird, auf der Krankenliege festgeschnallt, durch einen langen Krankenhausflur geschoben. Sie tobt immer noch, Micha läuft in kleinem Abstand hinterher. Die junge Ärztin empfängt den Transport.

JUNGE ÄRZTIN

Wie viel hat sie bekommen?

KRANKENPFLEGER

Schon 2 x 25 mg Disoprivan.

JUNGE ÄRZTIN

Dann bereitet noch mal 15 vor. Wir bringen sie ins Time-Out.

Sie schaut besorgt zu Benni, die sich unter den Gurten windet und schaurige Geräusche von sich gibt.

JUNGE ÄRZTIN (CONT'D)
Hallo, Benni! Ich bin es, Doktor Schönemann. Alles wird gut, Benni. Wir schnallen dich bald ab.

45. INNEN: TIME-OUT KINDERPSYCHIATRIE / TAG

Benni wird in einen weißen, leeren Raum mit weichen Kunststoffwänden geschoben. Micha muss draußen bleiben. Noch immer windet sich Benni. Die Ärztin beugt sich zu ihr.

JUNGE ÄRZTIN
Kannst du mich hören, Benni?

Die Pfleger geben Benni eine weitere Spritze, langsam wird ihr Kampf schwächer. Die Ärztin nimmt Bennis Hand.

JUNGE ÄRZTIN (CONT'D)
Du kannst jetzt bei uns bleiben, bis du dich beruhigt hast. Ganz bald wird es dir besser gehen.

Benni bewegt sich nicht mehr, ihre Augen sind rot angelaufen.

JUNGE ÄRZTIN (CONT'D)
Wir werden dich gleich abschnallen, dann kannst du ausschlafen... Magst du etwas trinken? Wasser, Saft?

Benni starrt mit leerem Gesicht zur Wand.

46. INNEN: VOR TIME-OUT KINDERPSYCHIATRIE / TAG

Durch eine verspiegelte Scheibe beobachtet Micha die Szene. Die Ärztin verlässt das Time-Out und kommt zu ihm, eine Krankenschwester betritt an ihrer Stelle den Raum.

JUNGE ÄRZTIN
Kam so ein Anfall in letzter Zeit öfter vor?

MICHA
Ich weiß es nicht, ich bin nur der Schulbegleiter...

JUNGE ÄRZTIN
Sie wird wahrscheinlich noch einmal stationär zu uns kommen müssen für drei Monate.

MICHA
(unterbricht sie)
Ist das eigentlich Ihr verdammter Ernst?

Die junge Ärztin weiß nicht genau, was er meint

JUNGE ÄRZTIN
Diese Maßnahme ist zu Bennis Schutz. Wie gesagt, Benni wird wahrscheinlich noch einmal stationär zu uns kommen müssen. Aber das kann etwas dauern, wir sind voll belegt. Ich setze sie ganz nach oben auf die Warteliste.

Micha schweigt.

JUNGE ÄRZTIN (CONT'D)
Auf Wiedersehen.

Die junge Ärztin wendet sich zum Gehen, Micha will sie aufhalten.

MICHA

Und wie lange bleibt sie hier jetzt so?

JUNGE ÄRZTIN

Morgen früh gegen sieben werden wir sie voraussichtlich entlassen. Wir geben dann der Wohngruppe Bescheid, damit jemand sie abholt. Hoffen wir, dass sie dort bleiben kann und nicht schon wieder in die Inobhutnahmestelle muss.
(Schweigen.)
Ich muss jetzt leider weitermachen. Es hat mich gefreut, Herr... ?

Micha nickt verwirrt und antwortet nicht, sondern starrt düster durch die Scheibe. Die junge Ärztin bemerkt das.

JUNGE ÄRZTIN (CONT'D)

Gehen Sie besser auch nach Hause und ruhen Sie sich aus.

Die junge Ärztin geht, Micha bleibt vor der Scheibe stehen.

47. INNEN: TIME-OUT KINDERPSYCHIATRIE / TAG

Benni liegt mit halb geschlossenen, rot unterlaufenen und tränenden Augen auf der Liege. Sie bewegt die Pupillen ein wenig und schaut auf die verspiegelte Wand, hinter der Micha steht. Ihr Blick ist leer.

48. INNEN: ZIMMER BENNI KINDERNOTAUFNAHME / TAG

Benni pfeffert ihren Rucksack, aus dem der zerfledderte Drache oben herausguckt, auf ein frisch bezogenes Bett, auf dem schon ein Berg Kuscheltiere liegt.

Das Zimmer hat insgesamt zwei Betten und wirkt mit dem grauen Linoleumboden sehr steril. Die weißen Schränke haben schon bessere Tage gesehen.

Hinter ihr betreten Frau Bafané und ERZIEHER MARC (46), ein dünner Mann mit Lockenkopf, den Raum. Frau Bafané trägt Bennis große Reisetasche und stellt sie vorsichtig auf dem Boden ab.

ERZIEHER MARC KINDERNOTAUFNAHME

Dieses Mal hast du ein Zimmer ganz für dich alleine... Aber gewöhn dich bloß nicht an den Luxus.

Benni setzt sich auf das Bett und begrüßt die Kuscheltiere.

BENNI

Erzieher, darf ich fernsehen?

ERZIEHER MARC KINDERNOTAUFNAHME

Später vielleicht, mit den anderen.

BENNI

Du bist scheiße.

ERZIEHER MARC KINDERNOTAUFNAHME

Ich hab dich auch vermisst, Benni.

Benni legt sich beleidigt zu ihrem Drachen auf das Bett.

BENNI

Frau Bafané, kannst du hierbleiben?

FRAU BAFANÉ

Ich habe gleich schon den nächsten Termin, Benni. Aber ich komm bald vorbei und schau nach dir.

Benni reagiert mit einem Brummen und dreht sich weg. Die Erwachsenen verlassen das Zimmer. Benni folgt ihnen und lauscht an der Tür.

49. INNEN: FLUR KINDERNOTAUFNAHME / TAG

Frau Bafané und Marc stehen in einem breiten Flur, der entfernt an ein Altersheim erinnert. Fotocollagen mit Kindern hängen an den Wänden. Ein Kleinkind fährt rasant mit einem Dreirad. Ein anderes Kind winkt Frau Bafané, sie grüßt es vertraut zurück. Marcs Tonfall ist ernst.

ERZIEHER MARC KINDERNOTAUFNAHME

Frau Bafané, wir sind eine Inobhutnahmestelle und keine Dauerlösung! Das viele Kommen und Gehen hat Benni nicht gutgetan.

FRAU BAFANÉ

(leicht gereizt)

Wem sagen Sie das? Es macht alles immer schlimmer. Aber kann ich etwa eine Gruppe herbeizaubern?

(betont ruhig)

Ich habe über 25 Absagen im Umland bekommen. Wo soll sie bitte hin, außer wieder in die Psychiatrie?

ERZIEHER MARC KINDERNOTAUFNAHME

Ich will Ihren Job ja auch nicht machen müssen. Aber wir können es nicht immer ausbaden. Was ist mit einer geschlossenen Unterbringung?

FRAU BAFANÉ

Sie ist dafür zu jung, aber ich probiere das auch schon. Vielleicht macht jemand eine Ausnahme. In einer geschlossenen Einrichtung kriegt sie wenigstens Schulunterricht.

Zwei Polizisten betreten den Flur mit einem 2-jährigen Kind an der Hand. Marc begrüßt die beiden routiniert und bittet sie ins Büro. Frau Bafané verabschiedet sich schnell und wendet sich zum Gehen.

ERZIEHER MARC KINDERNOTAUFNAHME
Hoffen wir, dass es klappt. Auf Wiedersehen, Frau Bafané.

50. INNEN: ZIMMER BENNI KINDERNOTAUFNAHME / TAG

Benni wendet sich von der Tür ab und setzt sich mit ihrem Drachen ans Fenster. Sie spielt, dass sie dem Drachen die rosa Tasche schenkt und er sich riesig darüber freut.

51. INNEN: WASCHRAUM KINDERNOTAUFNAHME / MORGEN

Benni und ein paar andere Kinder sehr unterschiedlichen Alters stehen in einem großen Waschraum und putzen sich an einem langen Waschbecken die Zähne.

Benni lässt die Zahnpasta wie Blut aus ihrem Mund laufen und macht dazu Würgegeräusche. Die Kinder kichern und finden es eklig. ERZIEHERIN SASKIA (27) ignoriert Bennis Aufführung.

ERZIEHERIN SASKIA KINDERNOTAUFNAHME
So, los jetzt, Freunde. Samu, dein Bus ist schon unten. Hopp, hopp!

Ein Junge spuckt aus und rennt aus dem Waschraum.

52. INNEN: FLUR KINDERNOTAUFNAHME / MORGEN

Viele Kinder wuseln in dem langen Flur durcheinander. Schulranzen werden übergeworfen, die ersten rennen durch die dicke Glastür raus, das Treppenhaus hinunter. Erzieherin Saskia hilft einem kleinen Jungen in seinen Ranzen.

Benni bleibt als einziges Kind übrig und wandert durch den Flur. Sie schaut sich die Bilder an den Wänden an, dann tritt sie gegen das Dreirad, das im Flur parkt. Schließlich bleibt sie vor dem Büro der Erzieher stehen.

BENNI

Ey, Erzieher, ich will fernsehen.

Marc und Saskia sitzen am Computer und tragen etwas in eine Excel-Tabelle ein.

ERZIEHERIN SASKIA
KINDERNOTAUFNAHME

Jetzt nicht, später, Benni.

BENNI

NEIN, JETZT!!

Erzieherin Saskia schließt die Tür von innen.

BENNI (CONT'D)

Ihr seid behindert, ich hasse euch.

Dann kniet sie sich auf den Boden und pinkelt vor die Tür.

53. AUSSEN: VOR KINDERNOTAUFNAHME / TAG

Benni sitzt in dicker Jacke auf dem Bürgersteig und legt Karottenstücke in ein Haus aus Pappe, in dem Schnecken an allen Wänden herumkriechen. Micha läuft an ihr vorbei.

MICHA

Hi, Benni.

Ohne sie weiter zu beachten, geht er ins Gebäude. Benni schaut ihm nach, dann setzt sie sich in Bewegung wie ein Spürhund.

54. INNEN: FLUR & TREPPENHAUS KINDERNOTAUF-NAHME / TAG

Benni folgt Micha durch das breite Treppenhaus. Sie beobachtet, wie er den Flur betritt und dort mit Saskia spricht. Benni pirscht sich durch den Flur und sieht, wie Micha sich im Spielzimmer ein Buch aus dem Regal nimmt.

BENNI

Ey! Erzieher!

MICHA

Ich bin kein Erzieher.

BENNI

Du bist doch wegen mir hier!

MICHA

Ach ja? Sagt wer?

55. INNEN: SPIELZIMMER KINDERNOTAUFNAHME / TAG

Benni betritt das Spielzimmer und nähert sich Micha. Mit einem gewissen Sicherheitsabstand bleibt sie stehen.

BENNI

Das hast du selbst gesagt. Dann musst du aber auch mit mir spielen!

MICHA

Dann musst du aber mit mir wenigstens einmal den Schulweg ablaufen. Deshalb bin ich hier, nicht zum Spielen.

BENNI

Doch, bist du.

Benni holt eine Spielesammlung aus dem vollen Spielzeugregal und knallt sie auf den Tisch. Dann fängt sie an, das Spielbrett aufzubauen.

BENNI (CONT'D)
Kannst du Dame?

MICHA
Ja, aber ein Schulweg... abgemacht?

BENNI
Jaja. Wetten, ich gewinne?

MICHA
Wette gilt. Wenn ich gewinne, gehst du sogar einmal in den Unterricht.

Benni schaut ihn herausfordernd an.

BENNI
Wenn ich gewinne, gehe ich überhaupt gar nicht hin.

MICHA
Glaubst du, ich bin blöd?

Benni grinst. Das Spielbrett ist nun fertig aufgebaut. Micha verweigert den Spielanfang.

MICHA (CONT'D)
Wenn du gewinnst, setze ich mich dazu in den Unterricht.

BENNI
Du nervst. Spiel jetzt endlich.

MICHA
Sein Wort muss man halten, Benni. Hand drauf?

Benni schüttelt mürrisch Michas Hand, dann fängt er an zu spielen. Gespannt schaut Benni auf Michas ersten Zug.

MICHA (CONT'D)

(grinst)
Heute kein Messer dabei?

BENNI

Nö.

Benni macht einen Zug und schaut ihn herausfordernd an.

BENNI (CONT'D)

Na los, du hast eh keine Chance.

Micha spielt seinen Zug, Benni beobachtet ihn heimlich.

BENNI (CONT'D)

Wenn du kein Erzieher bist, was bist du dann?

MICHA

Marsmensch. Sieht man das nicht?

Micha verzieht sein Gesicht und spielt mechanisch den nächsten Zug. Benni muss grinsen und macht ebenfalls komische Marsmenschen-Bewegungen.

56. INNEN: UNTERSUCHUNGSZIMMER KINDERPSYCHIATRIE / TAG

Benni sitzt mit einer Haube voller Elektroden auf dem Kopf auf einem Untersuchungsstuhl. Die junge Ärztin leuchtet ihr mit einer blinkenden Taschenlampe in die Augen. Eine Maschine zeichnet Bennis Gehirnströme auf. Neben Benni sitzt Bianca. Benni hat Biancas Hand mit beiden Händen fest umklammert.

JUNGE ÄRZTIN

Augen auf.

Benni macht die Augen auf. Die Ärztin leuchtet hinein.

JUNGE ÄRZTIN (CONT'D)
Und Augen wieder zu... Gleich ist es geschafft. Die Maschine läuft noch ein paar Minuten weiter. So lange bleib bitte sitzen. Ich spreche kurz mit deiner Mutter nebenan.

BENNI
Nein, Mama soll hierbleiben.

BIANCA
Ich bin ja gleich wieder da, mein Fräulein.

BENNI
NEEEEEEEIN!!!!!

57. INNEN: BESPRECHUNGSZIMMER KINDER-PSYCHIATRIE / TAG

Bianca sitzt vor dem Schreibtisch der jungen Ärztin. Benni liegt zusammengerollt wie ein Baby auf Biancas Schoß.

JUNGE ÄRZTIN
Das Risperdal, was wir Benni testweise geben wollen, wirkt bei Kindern impulshemmend. Eigentlich ist es ein Neuroleptikum für erwachsene Schizophreniepatienten, aber in geringen Dosen zeigt es bei manchen Kindern sehr gute Wirkung.

Sie scheint auf eine Reaktion zu warten. Bianca streichelt Benni über den Rücken.

JUNGE ÄRZTIN (CONT'D)
Körperlich kann sie es gut vertragen, wir haben alles getestet. Vor allem Epilepsie. Es gibt allerdings keine Langzeituntersuchungen bei Kindern

mit einem IQ über 80. Wir müssten einen "Off-Label-Use" machen, damit sie es bekommen kann. Dafür brauche ich Ihre Einwilligung, Frau Klaaß.

BIANCA

In Ordnung.

Die Ärztin gibt ihr eine vorbereitete Mappe. Bianca nimmt umständlich einen Kugelschreiber in die Hand, mit Benni auf dem Schoß ist es nicht so einfach.

JUNGE ÄRZTIN

Vorher muss ich Sie bitten, die Informationen über mögliche Nebenwirkungen zu lesen.

Bianca versucht, die Mappe zu nehmen, und blättert durch die vielen Seiten, nirgendwo bleibt ihr Blick länger hängen.

BIANCA

Können Sie mir das auch erzählen?

JUNGE ÄRZTIN

Es können in seltenen Fällen Muskelkrämpfe auftreten, im Gesicht und beim Laufen. Das sieht aus wie Grimassenschneiden oder Torkeln...

Bianca wirkt sehr unglücklich und umklammert Benni fester, während die Ärztin weitere Nebenwirkungen aufzählt. Ihr Blick schweift ab, dann unterbricht sie.

BIANCA

Bitte reden Sie nicht weiter. Es wird ihr doch gut gehen?

JUNGE ÄRZTIN

Wir passen gut auf Benni auf.

Bianca unterschreibt auf dem obersten Blatt.

58. AUSSEN: STRASSE / TAG

Benni läuft schnellen Schrittes neben Micha auf dem Bürgersteig her, es ist kalt und ungemütlich verregnet. Benni trägt ihren Schulranzen auf dem Rücken.

BENNI
Was ist deine Lieblingsfarbe?

MICHA
Schwarz.

BENNI
Was ist dein Lieblingsessen?

MICHA
Salami-Pizza.

BENNI
Was ist dein Lieblingstier?

MICHA
Weißt du doch.

BENNI
Was ist dein...

59. AUSSEN: VOR SCHULE FÜR ERZIEHUNGSHILFE / TAG

Sie kommen um die Ecke und nähern sich einem unscheinbaren Gebäude, das eher wie ein Wohnhaus aussieht.

MICHA
So, Schluss jetzt. Rein da.

BENNI
Was machen wir danach?

MICHA
Jetzt ist Fragepause. Rein mit dir.

BENNI
Ich will zu dir nach Hause. Bitte!

MICHA
Ausgeschlossen.

BENNI
Aber du bist doch mein Freund?

MICHA
Ich bin nicht dein Freund, Benni. Ich bin dein Schulbegleiter.

Benni ist kurz beleidigt.

BENNI
Ich hasse Schule.

MICHA
Ich weiß. Nur Idioten mögen Schule. Aber ohne kannst du später Klos putzen. Also wenn du schlau bist, sperr die Ohren auf. Und du bist, glaube ich, schlau, vielleicht bleibt sogar was hängen da oben.

Micha klopft gegen Bennis Stirn. Benni schaut ihn prüfend an, ob er das ernst meint.

60. INNEN: KLASSENZIMMER SCHULE FÜR ERZIEHUNGSHILFE / TAG

Benni sitzt mit zappelnden Füßen und sechs weiteren Mädchen in einem bunt beklebten Klassenzimmer. Es herrscht Unruhe. Die LEHRERIN (39) strahlt viel Geduld aus. Ganz hinten an einem Tisch sitzt Micha. Benni will mit ihm Kontakt aufnehmen, aber er ignoriert sie.

LEHRERIN

Guten Morgen. Wer will heute mit dem Datum anfangen?

Genervt beobachtet Benni ihre Nachbarin NATASCHA (9), die umständlich ihr Mäppchen ein- und ausräumt.

LEHRERIN (CONT'D)

Benni, du warst lange nicht mehr da. Willst du es probieren?

BENNI

Natascha stört mich beim Zuhören, wenn sie so rumkramt.

Natascha guckt Benni böse an.

LEHRERIN

Willst du es trotzdem probieren?

Die Lehrerin nimmt erwartungsvoll die Kreide in die Hand. Benni schaut zu Micha, der ihr ein Zeichen gibt, dass sie beim Unterricht zuhören soll.

BENNI

Tudai... is... Mandai.

LEHRERIN

Ja, gut!

Die anderen Mädchen kichern über Bennis Langsamkeit. Die Lehrerin schreibt "Today is Monday." an die Tafel. Benni steht auf und knallt den Kopf von Natascha auf deren Schultisch. Sofort blutet Nataschas Nase. Die anderen Mädchen springen kreischend auf. Micha geht dazwischen. Es entsteht ein riesiges Gebrüll.

61. INNEN: BÜRO FRAU BAFANÉ / TAG

Hilfeplankonferenz. Frau Bafané sortiert ein paar Papiere auf einem großen Konferenztisch. Die Erzieher aus der Kindernotaufnahme, Bennis Lehrerin, die junge Ärztin und Micha sitzen ebenfalls an dem großen Tisch. Ein Platz ist leer. Frau Bafané blickt auf die Uhr an der Wand, es ist 16:10 Uhr.

FRAU BAFANÉ

Fangen wir ohne Frau Klaaß an... Wer führt Protokoll?

Erzieherin Saskia hebt die Hand.

FRAU BAFANÉ (CONT'D)

Danke. Also. Leider gibt es für Benni momentan nichts Neues. Ich habe 37 Absagen von Institutionen im Umland. Ein Antrag auf Sondergenehmigung für geschlossene Unterbringung läuft. Ein dritter stationärer Aufenthalt in der Psychiatrie ist angedacht. So lange muss Benni in der Inobhutnahmestelle bleiben.

JUNGE ÄRZTIN

Wahrscheinlich wird in zwei bis drei Wochen ein Platz frei.

LEHRERIN

Es hatte beim letzten Mal ganz gut geholfen, für eine Weile zumindest.

ERZIEHER MARC KINDERNOTAUFNAHME

Benni braucht eine langfristige Lösung, nicht noch mal Psychiatrie.

Micha hört mit verschränkten Armen schweigend zu. Sein Blick ist skeptisch.

JUNGE ÄRZTIN

Ich möchte etwas vorschlagen. Es gibt Intensiv-Auslandsprojekte, zum Beispiel eins in Kenia, mit dem wir sehr gute Erfahrungen gemacht haben. Ich habe dort einen persönlichen Kontakt und könnte nachfragen.

ERZIEHER MARC KINDERNOTAUFNAHME

Benni in Afrika? Ihr Ernst?

FRAU BAFANÉ

Ich glaube nicht, dass Frau Klaaß so einem Aufenthalt zustimmt. Benni ist außerdem viel zu jung dafür.

LEHRERIN

Wie steht es denn mit der Traumatherapie? Die ist dringend nötig und wir warten seit zwei Jahren darauf.

JUNGE ÄRZTIN

Die Therapie kann erst dann beginnen, wenn Benni in ihrem Alltag stabilisiert ist. Sie muss zuerst einen festen Lebensmittelpunkt haben.

Unzufriedenes Murmeln in der Runde.

ERZIEHER MARC KINDERNOTAUFNAHME

Bei uns sollte sie nicht bleiben. Wir können ihr nicht die Struktur bieten, die sie braucht... Eine Inobhutnahmestelle ist kein Abstellgleis.

FRAU BAFANÉ

Ich weiß. Aber Sie sind gesetzlich dazu verpflichtet, also suchen wir bitte gemeinsam konstruktive Ideen.

ERZIEHER MARC KINDERNOTAUFNAHME

Ganz ehrlich, Frau Bafané? Stellen Sie endlich einen Antrag auf Sorgerechtsentzug.

Schmunzeln und Zustimmung in der Runde.

FRAU BAFANÉ

Sonstige Ideen?

ERZIEHERIN SASKIA KINDERNOTAUFNAHME

Geschlossene Unterbringung.

FRAU BAFANÉ

Wie gesagt, bin ich dran.

Kurzes, verlegenes Schweigen. In Micha arbeitet es, ihm liegt etwas auf dem Herzen.

MICHA

Ich würde gerne einen Vorschlag machen.

62. INNEN & AUSSEN: TREPPENHAUS KINDERNOT-AUFNAHME & AUTO DAVOR / TAG

Mehrfaches Hupen. Benni rast mit Gebrüll die große Treppe runter, ihren Rucksack auf dem Rücken. Der zerfledderte Drache schaut hinten heraus. Sie sieht Micha vor einem alten Kombi stehen.

BENNI

Wow, cooles Auto!

MICHA

Bereit fürs Abenteuer?

BENNI

Auf jeden!

Benni setzt sich auf den Vordersitz. Marc und Saskia tragen einen Korb mit Lebensmitteln zum Auto. Micha öffnet den Kofferraum. Die beiden Erzieher packen den Korb hinein.

ERZIEHER MARC KINDERNOTAUFNAHME
Na denn, bis in drei Wochen.
(zu Benni) Lass ihn leben, okay?

BENNI
Erzieher, komm. Ich will losfahren!

MICHA
Erstens heiß ich Micha. Und zweitens verabschiede dich.

BENNI
Tschüü-hüüs. Können wir jetzt fahren? Bitte, bitte, bitte.

ERZIEHER MARC KINDERNOTAUFNAHME
Viel Glück, Herr Heller. Melden Sie sich bitte, wie besprochen, täglich zur Supervision. Unterschätzen Sie das nicht.

MICHA
Machen Sie sich keine Sorgen. Ich melde mich am Abend. Wiedersehen.

Die Erzieher winken. Micha setzt sich ins Auto, dreht den Schlüssel um und laute Goa-Musik ertönt, die er schnell wieder ausmacht. Dann fahren sie los. Die Erzieher schauen dem Wagen mit amüsiert-erleichtertem Blick hinterher.

63. INNEN: AUTO MICHA / TAG

Sie stehen an einer Ampel. Micha schaut zu Benni rüber.

MICHA
Kannst du dich mal bitte anschnallen, Fräulein?

BENNI

Ups!

Schnell schnallt sie sich an. Micha macht die Goa-Musik wieder lauter. Benni hält sich die Ohren zu und grinst, während Micha ordentlich mit dem Kopf wippt.

64. AUSSEN: AUTOBAHN / TAG

Michas Wagen saust über die Autobahn. Wir hören dazu die Goa-Musik aus dem Auto.

65. INNEN: AUTO MICHA / TAG

Micha hupt ein anderes Auto an und überholt etwas zu rasant.

MICHA

Nimm das Fahrrad, Vollidiot! Na klar... Frau am Steuer.

Benni schaut zu dem anderen Auto und streckt die Zunge raus. Sie kichert laut, dann dreht sie sich wieder nach vorne.

BENNI

Wo fahren wir eigentlich hin?

MICHA

Schau mal im Handschuhfach. Da.

Benni holt aus dem vollgestopften Handschuhfach eine Landkarte, die sie mühsam öffnet.

BENNI

Hast du kein Navi?

MICHA

Kannst du keine Karten lesen? Hier oben. Bruchtal, da müssen wir hin.

Benni fährt mit dem Zeigefinger der Straße nach.

BENNI

(stolz) Eins, zwei, drei, vierte Ausfahrt und dann links!

MICHA

Wird gemacht.

66. AUSSEN: AUTOBAHNAUSFAHRT / TAG

Der Kombi verlässt die Autobahn und fährt langsam über die Landstraße in eine Waldregion.

67. INNEN: AUTO MICHA / TAG

Auf einer leeren Landstraße fährt Micha rechts ran und hält vor einem kleinen Graben.

MICHA

Pipipause. Musst du auch mal?

Benni schüttelt den Kopf.

68. INNEN & AUSSEN: LANDSTRASSE UND AUTO MICHA / TAG

Micha verlässt das Auto und stellt sich etwas entfernt an den Graben, um zu pinkeln. Benni klettert auf den Fahrersitz und spielt, sie würde Auto fahren.

BENNI

Weg da! Achtung!!

Sie hupt, drückt dabei ein paar Hebel und Knöpfe, rührt mit dem Schalthebel herum und löst schließlich die Handbremse. Der Wagen setzt sich in Bewegung und das Auto landet im Graben.

Micha kommt angerannt.

MICHA

(laut) WAS MACHST DU DA?

Benni klettert schnell zurück auf den Beifahrersitz.

BENNI

Ich hab nur gespielt.

Micha gibt ein genervtes Geräusch von sich und versucht, den Wagen rückwärts aus dem Graben zu fahren. Keine Chance.

MICHA

(haut auf den Lenker)
Meine Güte! Spiel was anderes!

Benni rollt sich plötzlich auf dem Sitz zusammen und fängt zitternd an zu weinen. Micha ist von dieser Reaktion überfordert, sofort wird er ruhiger.

MICHA (CONT'D)

Hey... Komm schon, ist ja auch nicht so schlimm.

Benni weint weiter. Er legt ihr die Hand auf den Rücken.

MICHA (CONT'D)

Hey, Benni. Ich glaube, ich weiß, wie wir das Ding hier rauskriegen.

69. AUSSEN: LANDSTRASSE / TAG

Micha und Benni sehen zu, wie ein großer Traktor den Kombi langsam, aber sicher aus dem Graben zieht.

Der missmutige BAUER BOCKELMANN (69) mustert die beiden, als er mit seiner Arbeit fertig ist. Sein Blick bleibt bei Benni.

BAUER

Hast du das Ding da reingesetzt?

MICHA

Ich hab die Handbremse vergessen. Passiert mir öfter in letzter Zeit.

Benni schaut mit rotem Kopf auf den Boden.

BAUER

Wenn Sie meinen.

Damit steigt er in den Traktor und fährt los.

MICHA

(laut) Auf Wiedersehen, Herr Bockelmann.
(dann murmelnd zu Benni)
Alter Griesgram. War schon immer so, wird jedes Jahr schlimmer.

Benni strahlt Micha dankbar an.

70. AUSSEN: VOR HÜTTE / TAG

Michas Wagen biegt an einer kleinen Waldstraße ab und hält mitten im Wald vor einer kleinen Holzhütte, wie sie früher von Jägern genutzt wurde. Der Himmel ist grau, es ist kalt. Keine Idylle, aber Benni ist völlig aus dem Häuschen.

BENNI

Boah, coooooool!!! Ein Waldhaus!!!

MICHA

Nicht schlecht, oder?

Sie steigen aus und Benni rennt einmal um die Hütte herum.

BENNI

Hammer!!! Ist das dein Haus?

MICHA

Hab ich mir gekauft. Will ja sonst keiner haben. Pack mal mit an.

Micha nimmt Gepäck und Kisten aus dem Auto und trägt alles vor die Hütte. Benni greift sich ihre Tasche und ein paar Kisten. Micha holt einen Schlüssel hervor, der über der Haustür versteckt ist, und schließt die Tür auf.

71. INNEN: HÜTTE / TAG

Benni und Micha betreten die alte Hütte, die spärlich eingerichtet und ziemlich aufgeräumt ist.

MICHA

Wenn der nächste Krieg ausbricht, verschanz ich mich hier.

Benni schmeißt ihren Rucksack auf den Boden, hüpft auf das Sofa und macht dabei wilde Geräusche. Sie schaut in alle Ecken und Zimmer. Schließlich wird sie skeptisch.

BENNI

Wo ist‘n der Fernseher?

MICHA

Gibt’s nicht.

BENNI

Was?!

MICHA

Kein Strom mehr, kein fließend Wasser. Hab ich dir schon gesagt.

BENNI

Boah, nee! Aber Internet?

MICHA

Kein Strom, Benni, kein Internet. Schön ins Plumpsklo kacken.

Benni verzieht grinsend das Gesicht.

BENNI

Bääh! Du bist voll eklig, Erzieher. Ich will sofort nach Hause!

MICHA

Wie heiße ich?

BENNI

Du heißt alter Ekel-Marsmensch.

MICHA

Na also. Wird doch.

72. AUSSEN: VOR HÜTTE / TAG

Benni streunt um die Hütte herum. Sie entdeckt einen alten, halb zerfallenen Schuppen. Dahinter einen Haufen Holzscheite und eine große Axt. Sie schaut angeekelt in das Plumpsklo und lässt schnell die Tür wieder zufallen. Dann hört sie ein Bellen aus dem nahen Wald. Neugierig folgt sie dem Geräusch.

73. AUSSEN: WALD / TAG

Benni stapft durch den Wald. Unter ihr knackt und knirscht es. Wieder hört sie das Bellen, diesmal etwas näher. Sie bleibt stehen und lauscht. Sie macht das Geräusch einer Eule. Über ihr fliegt ein Vogel los, sie zuckt ein wenig zusammen und bleibt dann ganz stehen. Nie haben wir sie so ruhig gesehen... Sie atmet ein und aus... ein langer Moment der Idylle... Plötzlich schreit Benni laut auf.

74. AUSSEN: HINTER HÜTTE / TAG

Benni nimmt die große Axt und schleudert sie gefährlich umher. Dann legt sie einen Holzscheit auf den Bock und hebt die schwere Axt hoch. In schnellen Schritten nähert sich Micha.

MICHA

Ey! Was soll das denn werden?

BENNI

Darf ich? Bitte, bitte, bitte!

MICHA

Das ist kein Zauberstab, das ist 'ne Axt. Damit muss man aufpassen.

BENNI

Wetten, ich kann das? Lass mich mal probieren! Ich zeig es dir, okay?

MICHA

Wenn, dann zeig ICH es dir... okay?

Micha haut die Axt in einen Holzscheit sodass der an der Axt stecken bleibt. Dann reicht er die Axt an Benni und instruiert sie kurz. Benni holt aus und schafft es beim ersten Mal, strahlend vor Stolz.

BENNI

Na, siehste. Ich kann das.

MICHA

Dann weiß ich ja, was ab jetzt dein Job ist hier oben.

Benni hackt Holz mit voller Energie.

75. INNEN: WOHNZIMMER HÜTTE / NACHT

Ein Feuer lodert im Kamin und eine Öllampe brennt auf dem Esstisch. Vor Micha und Benni stehen leere Teller und Töpfe. Benni leckt ihren Teller ab wie ein Hund. Dann rülpst sie laut.

MICHA

Prost.

An ihrer Nase klebt ein dunkler Punkt Soße. Micha will da hingreifen, Benni weicht schnell aus und wischt ihn selbst ab.

BENNI

Gibt es Nachtisch?

MICHA

Nee. Pass auf, ich hab 'ne Wette. Wetten, dass du es keine drei Tage hier mit mir aushältst?

BENNI

Pff, babyleicht. Wetten, dass DU es nicht drei Tage mit mir aushältst? Ist immer so, kenn ich schon.

MICHA

Wette gilt. Worum wetten wir?

BENNI

Wenn ich gewinne, darf ich dich bei dir zu Hause besuchen.

MICHA

Das geht nicht. Such dir was anderes aus. Außerdem, du gewinnst eh nicht. Und wenn ich gewinne, machst du jeden Tag freiwillig deine Hausaufgaben.

BENNI

Scheiß-Wette. Ich mach nicht mit. Darf ich rausgehen, Erzieher?

MICHA

Ich bin immer noch kein Erzieher, Benni. Aber von mir aus. Denk dran, morgen geht's früh raus. Und nimm noch deine Drogen vorher.

Benni verschränkt die Arme.

BENNI

Nö, ich nehm die nicht.

MICHA

Nimm sie meinetwegen draußen vor der Tür.

Er legt Benni eine Tablette und ein Wasserglas hin. Benni schaut ihn verwundert an. Dann nimmt sie die Tablette in den Mund und trinkt etwas Wasser dazu.

76. AUSSEN: VOR HÜTTE / NACHT

Benni kommt aus der Hütte und schaut in die Dunkelheit. Dann spuckt sie laut hörbar die Tablette auf den Boden. Sie wartet ab, nichts passiert. Drinnen hört sie Micha mit der Inobhutnahmestelle telefonieren und berichten, dass sie gut angekommen sind. Sie schaut hoch in den Himmel und sieht die Sterne. Ihr Atem ist zu sehen.

77. INNEN: ZIMMER MICHA HÜTTE / NACHT

Benni steht im Schlafanzug in Michas Zimmer, sie beobachtet ihn beim Schlafen. Sie geht ganz nah an ihn heran, hält ihm die Nase zu und zieht ein Augenlid hoch, aber Micha wacht nicht auf.

Dann inspiziert sie Michas Sachen. Auf einem Schreibtisch liegt sein Handy, Benni tippt darauf herum und gibt den falschen Code ein. Dann betrachtet sie einen Moment lang sein Hintergrundbild, ein kleines Baby ist auf dem Arm einer lachenden Frau zu sehen.

78. INNEN: ZIMMER BENNI HÜTTE / TAG

Ein nasser Waschlappen landet in Bennis Gesicht.

MICHA

Versuch Nummer Drei!

Benni springt kreischend auf und beginnt, auf Micha einzuprügeln. Sie brüllt völlig außer sich mit knallrotem Kopf. Mit Mühe und Not kann Micha Benni an sich pressen. Er hält sie, so fest er kann, sie tobt immer noch.

MICHA (CONT'D)

Es tut mir leid! Es tut mir leid!! Benni, ich hab's vergessen...

Tränen der Erschöpfung laufen über Bennis Gesicht. In Michas fester Umklammerung fängt sie langsam an, sich zu beruhigen.

MICHA (CONT'D)

Es tut mir leid. Alles ist gut.

Benni atmet schwer. Dann legt sie ihren Kopf auf Michas Schulter und kommt zur Ruhe. So verharren sie einen Moment.

MICHA (CONT'D)

Ich hab das vergessen mit deinem Gesicht. Tut mir leid. Ehrlich. Ich wollte dich eigentlich Milch holen schicken. Beim Griesgram. Straße rauf.

BENNI

(leise) Kein Bock.

MICHA

Ich geb dir gleich kein Bock.

79. AUSSEN: WALDSTRASSE / TAG

Benni geht die kleine Waldstraße hoch und schaukelt dabei eine leere Milchkanne in der Hand hin und her. Sie singt leise vor sich hin, während sie sich einem großen Hof nähert.

80. AUSSEN: BAUERNHOF / TAG

Benni betritt vorsichtig den großen, offenen Bauernhof. Kein Mensch ist zu sehen, stattdessen hört man Kühe und Kälbchen. Ein schwarzer Hofhund bellt sie aggressiv an.

Benni bellt aggressiv zurück, was den Hund noch mehr aufregt. Benni nimmt einen Stein und wirft ihn nach dem Hund. Knapp verfehlt. Sie nimmt einen noch größeren und trifft, der Hund jault auf. Plötzlich kommt der Bauer aus dem Haus gerannt.

BAUER

Spinnst du? Es setzt gleich was!

Benni wirft die Kanne weg und rennt, so schnell sie kann, davon.

81. INNEN: WOHNZIMMER HÜTTE / TAG

Schlecht gelaunt betritt Benni die Hütte. Micha ist gerade dabei, den Frühstückstisch zu decken, gleichzeitig telefoniert er mit jemandem. Seine Stimme klingt weicher als sonst.

MICHA

Ja, genau. Lässt er dich ein wenig schlafen?
Nein...?

Er entdeckt Benni und gibt ihr ein Zeichen, dass er gleich fertig mit Telefonieren ist. Benni nimmt einen Schuh und wirft ihn auf Micha. Sie trifft, er schaut ärgerlich zu ihr.

MICHA (CONT'D)

Au!! Nix. Ich meld mich wieder. Tschüss.

Micha legt auf.

MICHA (CONT'D)

Was soll das?

BENNI

Ich will nach Hause, sofort. Ich hasse es hier.

MICHA

So schlimm das Plumpsklo?

BENNI

Lass mich in Ruhe.

Benni knallt die Tür von ihrem Zimmer zu. Micha schaut ihr mit einem Schmunzeln nach und deckt den Tisch zu Ende.

MICHA

(laut)

Dass ich die Wette so schnell gewinne, hätte ich ja nicht gedacht…

82. AUSSEN: WALDSTRASSE / TAG

Micha und Benni gehen zusammen die kleine Waldstraße entlang Richtung Bauernhof. Benni hat den Kopf gesenkt und geht etwas widerwillig hinter Micha her.

MICHA

Man kann jede Scheiße bauen, aber man muss die Suppe auslöffeln.

83. AUSSEN: BAUERNHOF / TAG

Die beiden betreten den Bauernhof. Der Hofhund bellt sie aggressiv an. Der Bauer entdeckt sie und lässt seine Arbeit für einen Moment stehen. Benni schiebt sich hinter Micha.

BAUER

Haben Sie schon wieder so ein gestörtes Kind dabei, das meine Tiere quält?

MICHA

Herr Bockelmann, Benni wollte sich gerade bei Ihnen...

BAUER

Anstatt die Kinder zu erziehen, machen sie hier Heiteitei im Wald.
(MORE)

BAUER (CONT'D)

Und das zahl ich dann noch mit meinen Steuern, oder?

MICHA

Ja, genau das tun Sie.

Micha beginnt, mit der einen Hand alle Finger der anderen Hand zusammenzudrücken. Benni bemerkt das. Micha schaut sie an.

BENNI

(nuschelt) Tschuldigung.

BAUER

Jaja. Und morgen machst du dasselbe mit meinen Kälbern.

BENNI

(laut)
ENT-SCHUL-DI-GUNG!

BAUER

Na immerhin.

MICHA

Wir wollten eigentlich...

BAUER

(unterbricht ihn)
Ich bin hier keine Sozialstelle. Noch ein Vorfall und Sie kriegen eine Anzeige wegen Tierquälerei. Ihre Milch steht dahinten, bezahlen Sie später.

Damit dreht sich der Bauer um und lässt die beiden stehen.

84. AUSSEN: WALDSTRASSE / TAG

Benni und Micha gehen mit der vollen Milchkanne zurück zur Hütte. Benni schleppt die schwere Kanne ganz alleine.

BENNI

Was hast du da mit deiner Hand gemacht?

MICHA

Das Drücken? Hilft mir beim Ruhigbleiben. Sonst hätte ich dem Idioten eine reingehauen.

BENNI

Pff, würdest du dich eh nicht trauen.

MICHA

Glaubst du nicht?

BENNI

Nö.

MICHA

Stell mal die Kanne ab.

Benni stellt die Kanne ab. Mit einem Griff wirft Micha Benni auf den Boden, verdreht ihr den Arm und drückt sie runter.

MICHA (CONT'D)

Glaubst du nicht?

BENNI

Aaah! Lass los!

Micha lässt sie los. Benni steht voller Bewunderung auf.

BENNI (CONT'D)

Cooool. Zeigst du mir das mal?

MICHA

Besser nicht.

BENNI

Die anderen Kinder haben alle Angst vor mir. Sogar die Jungs! Wer mir blöd kommt, dem geb ich eins auf die Nase.

Micha hält inne und kniet sich vor Benni.

MICHA

Und handelst du dir damit nicht 'ne Menge Ärger ein, du Kampfzwerg?

Benni schaut zur Seite.

85. AUSSEN: VOR HÜTTE / TAG

Micha und Benni stehen vor dem halb verfallenen Schuppen hinter der Hütte. Micha reicht Benni einen großen Hammer. Sie kriegt leuchtende Augen.

BENNI

Ehrlich?

MICHA

Na los! Aber tu dir nicht weh.

BENNI

Ich kriege keinen Ärger?

MICHA

Wenn du nicht in die Pötte kommst, mach ich es selber.

Benni quietscht vor Freude. Sie hebt an und haut mit einem großen Schwung den Hammer auf die Bretter. Krachend fallen zwei Bretter auseinander. Benni jubelt wie wild und haut gleich noch einmal zu.

MICHA (CONT'D)

Jetzt darf ich aber auch mal.

Keine Chance. Benni zerkloppt mit aller Kraft den ganzen Schuppen und schreit dabei, so laut sie kann. Micha lässt es geschehen und beobachtet sie zufrieden.

86. AUSSEN: HINTER HÜTTE / TAG

Micha steht neben dem Haufen ehemaliger Schuppenbretter vor einem Baum-Trio, nah bei der Hütte. Sehr weit oben sitzt Benni auf einem Ast. Vor ihr sind schon vier Bretter um den Baumstamm herum miteinander verbunden. Das Ganze lässt den ersten Schritt in Richtung eines Baumhauses erkennen. Benni nimmt ein weiteres Brett entgegen.

MICHA

Und jetzt die beiden aneinander.

Benni hält das Brett seitlich an die anderen Bretter.

BENNI

So?

MICHA

Ja genau, sachte.

Benni haut einen Nagel zu schräg auf ein Brett, die fragile Konstruktion bricht zusammen. Die Bretter krachen auf Micha.

MICHA (CONT'D)

Und schon wieder ein Mordversuch.

87. AUSSEN: VOR HÜTTE / ABEND

Benni und Micha sitzen satt vor dem Lagerfeuer. Beide sind in dicke Decken eingepackt. Neben ihnen Teller mit Resten vom Grill und Folienkartoffeln. Benni stochert mit einem Stock in den Flammen herum.

BENNI

Mit wie vielen Kindern warst du schon hier?

MICHA

Vier oder fünf.

BENNI

Und was machen die jetzt?

MICHA

Leben ihr Leben. Ohne größere Katastrophen hoffentlich. Die sind alle schon was älter als du.

BENNI

Bin ich die Schlimmste?

Micha lacht.

MICHA

Mit dir, Kampfzwerg, ist wie Kindergarten. Ich arbeite normalerweise mit Jungs über 16 und nicht so kleinen Knirpsen.

BENNI

Micha?

Micha schaut überrascht auf.

BENNI (CONT'D)
Hast du dich oft geprügelt?

MICHA
Japp. Ganz früher. Und das war nicht sehr hilfreich, hab mir einiges verbaut damit. Aber dann hab ich die Kurve gekriegt... und endlich einen Job gefunden, den ich gerne mache... Was willst du denn mal werden?

BENNI
Kloputzerin.

MICHA
Hätte ich ja auch selber drauf kommen können.

BENNI
Weil ich immer so austicke, darf ich nicht zu Mama.

MICHA
Ich weiß. Aber das kannst nur du ändern, Benni.

In der Ferne hört man den Hund bellen.

BENNI
Der Hund ist böse.

MICHA
Kein Tier ist böse. Er beschützt bloß seinen Hof.

Eine Weile lauschen sie der Nacht.

88. INNEN: ZIMMER BENNI HÜTTE / NACHT

Micha trägt die schlafende Benni in ihr Zimmer und zieht ihr vorsichtig die dicke Jacke aus. Dann legt er sie ins Bett und deckt sie mit dem Schlafsack zu. Benni schläft unruhig und strampelt dabei. Micha macht ein beruhigendes "Schhhhh" und wartet, bis

Benni friedlich schläft. Dann legt er ihren Drachen neben sie in den Schlafsack.

89. AUSSEN: WALDSTRASSE / TAG

Benni ist mit der Milchkanne unterwegs zum Bauern. Sie singt dabei laut und fröhlich auf Fantasieenglisch ein Pop-Lied.

90. AUSSEN: BAUERNHOF / TAG

Vorsichtig betritt sie den Hof. Der schwarze Hund bellt sie wieder an. Benni fletscht die Zähne und knurrt zurück. Gerade will sie einen Stein nehmen, da entdeckt sie den Bauern.

BAUER

Was willst du?

BENNI

Ich will Milch holen!

BAUER

Wie viel denn?

BENNI

Wieder die Flasche hier.

BAUER

Na, dann komm mal mit.

Sie gehen über den Hof und kommen an fünf kleinen Käfigen mit wild springenden Kälbchen vorbei.

BENNI

Warum sind die nicht bei ihrer Mama?

BAUER

Weil die sonst die Milch trinken würden, die du gerade kaufst.

Er zeigt auf ein besonders wildes Kälbchen, das in seinem Stall randaliert.

BAUER (CONT'D)

Erst drei Tage alt und so kräftig. Das wird mal ein Riesenbulle.

Benni streichelt das Kälbchen, das anfängt, Bennis Hand abzulecken. Benni kichert.

Sie kommen zu einer Milchabfüllmaschine und der Bauer füllt Bennis Kanne. Dann nimmt er noch ein kleines Glas, lässt ein wenig Milch hinein und reicht es ihr. Sie trinkt es aus, rülpst und grinst den Bauern an.

BENNI

Lecker!

91. AUSSEN: WALD / TAG

Benni rennt juchzend und quietschend vor Freude durch den Wald. Micha rennt hinterher und kommt immer näher. Benni schlägt einen Haken und Micha fliegt auf die Nase, steht schnell wieder auf und rennt weiter.

BENNI

Nanananana.... du lahme Ente.

Micha holt sie ein und beide fallen um.

92. AUSSEN: STAUSEE / TAG

Benni und Micha kommen an eine weite Ebene. Benni schaut ehrfurchtsvoll über die dunkelbraune Landschaft. Sie laufen hinab in eine Senke. Oben sieht man weit entfernt den Wald.

MICHA

Schon mal dein Echo gehört?

BENNI

Nee.

MICHA

(ruft) BENNIIIII!

Man hört "...enni" von den Wänden zurückhallen.

MICHA (CONT'D)

Gibt Orte, da ist es noch besser.

BENNI

MAMAAAAAAA.

Es schallt zurück "...amaaa".

BENNI (CONT'D)

MAMAAAAAA! MAMAAAAA! MAMAAAAAA!

MICHA

Komm, ist genug...

Benni schreit weiter, bis sie fast ohnmächtig wird. Dann hört sie auf, atmet schwer, völlig geschafft vom Schreien.

BENNI

Mama hasst mich. Sie will mich nicht bei sich haben.

Micha weiß nicht so recht, was er dazu sagen soll.

MICHA

Natürlich liebt dich deine Mama.

Es hört sich an wie eine Floskel.

BENNI

Sei leise.

Micha schweigt.

93. ALBTRAUMSEQUENZ

Die dumpfen Geräusche des Albtraums. Das Hundebellen ist nun das Markanteste. Es vermischt sich mit kurzen Fragmenten eines schreienden Babys. Hände strecken sich zu den Gitterstäben. Haut wird verzerrt, das Bild wird schwarz.

94. INNEN: ZIMMER BENNI & ZIMMER MICHA HÜTTE / NACHT

Draußen ist es stockfinster. Benni sitzt wach in ihrem Bett. Sie knipst eine Taschenlampe an, schält sich aus dem Schlafsack und wechselt den nassen Schlafanzug gegen einen neuen.

Dann geht sie in Michas Zimmer und krabbelt zu ihm ins Bett. Micha legt im Schlaf den Arm um sie und drückt sie fest an sich. Dann macht er irritiert ein Auge auf und ist plötzlich hellwach.

MICHA

Nee, du schläfst in deinem Bett.

BENNI

Aber das ist nass.

MICHA

Dann ziehen wir es ab.

BENNI

(aggressiv quengelnd)
Ich will aber bei dir schlafen.

MICHA

Ausgeschlossen, du pennst drüben.

BENNI

ICH WILL HIER SCHLAFEN!

Benni beginnt, Sachen in Michas Zimmer umzutreten. Unterlagen fliegen durcheinander, der Stuhl kracht um. Micha packt Benni fest am Arm und zerrt sie Richtung Ausgang.

95. AUSSEN: VOR HÜTTE & WALD / NACHT

Ein wenig zu hart schubst Micha Benni aus der Hütte.

MICHA

Reg dich ab, verdammt! In der Zwischenzeit beziehe ich das Bett.

BENNI

(brüllt) ICH HASSE DICH!

Mit den Worten rennt sie in den Wald. Sie rennt und rennt, irgendwo bleibt sie stehen. Weit weg hört man Micha rufen. Benni rennt weiter und entfernt sich immer mehr von der Hütte.

96. AUSSEN: VOR HÜTTE / NACHT

Micha späht nach Benni. Kein Laut von ihr ist zu hören. Micha ruft hinaus in die Dunkelheit.

MICHA

Kannst wiederkommen, Kampfzwerg. Dein Bett ist fertig.

Keine Antwort, nur die Geräusche des Waldes. Micha setzt sich und wartet. Er ruft noch mal in den Wald hinaus.

MICHA (CONT'D)

BENNNIIIIII!
(zu sich) Oh Mann. Idiot.

Er drückt seine Finger zusammen.

97. AUSSEN: WALD / NACHT

Micha sucht mit einer Taschenlampe in dem nächtlichen Wald. Er hat eine Decke unterm Arm.

MICHA

Benni?!

Vorsichtig läuft er weiter und leuchtet dabei in verschiedene Richtungen. Aber man sieht bloß Bäume und Dunkelheit. In der Ferne ist das Bellen des Hofhundes zu hören.

MICHA (CONT'D)

Ich hab mich erschreckt, okay?

98. AUSSEN: VOR HÜTTE / DÄMMERUNG

Micha steht verloren vor der Hütte. Es dämmert schon, er sieht sehr müde aus. Er geht zum Wasserkanister und spritzt sich Wasser in Gesicht und Haare.

MICHA

BEEENNII! KOMM JETZT ENDLICH RAUS!

99. AUSSEN: WALDSTRASSE / MORGEN

Offensichtlich gestresst läuft Micha die Waldstraße hoch. Unterm Arm hat er die Decke, in der anderen Hand trägt er ein Paar warme Schuhe.

100. AUSSEN: BAUERNHOF / MORGEN

Micha läuft zügig über den Bauernhof, niemand ist zu sehen. Der Hofhund bellt ihn an, die Kühe muhen. Micha nähert sich der Haustür, die offensteht.

MICHA

Hallo?!

BAUER(O.S.)

Kommen Sie rein.

101. INNEN: STUBE BAUERNHAUS / MORGEN

Micha betritt die Stube des Bauernhauses. Dort sitzt Benni in eine Decke eingewickelt an einem Holztisch. Auf einem alten Fernseher läuft das Regionalprogramm am Morgen. Neben ihr sitzt der Bauer mit einer Tasse Kaffee.

MICHA

(betont ruhig) Morgen, Benni.

BAUER

Suchen Sie vielleicht die hier?

BENNI

Darf ich noch zu Ende gucken?

MICHA

Nein, wir gehen.

BENNI

Mannoooo!

BAUER

Lag heute morgen im Kuhstall. Vielleicht sollten Sie ein wenig besser auf sie aufpassen.

MICHA

Danke für den Ratschlag. Benni, komm!

BENNI

Nö.

MICHA

(zum Bauern)
Auf Wiedersehen.

Micha packt Benni am Arm, sie will sich losreißen.

BENNI

Aua! Lass mich los!

Micha schnappt sie und trägt sie raus. Der Bauer beobachtet das Geschehen irritiert.

102. AUSSEN: BAUERNHOF / MORGEN

Benni schreit laut, als Micha sie grob nach draußen zerrt. Kaum sind sie durch die Tür, stellt er sie ab und zieht ihr unsanft die Schuhe an die Füße. Als sie sich immer noch wehrt, packt er sie fest an beiden Schultern und schaut ihr ins Gesicht.

MICHA

(eindringlich)
Ich lauf die ganze Nacht durch den Wald und du sitzt hier vor der Scheiß-Glotze?! Ich hab die verdammte Verantwortung für dich. Ansonsten werden sie dich in die Klapse stecken, verstehst du das?

Benni zittert. Urin läuft an ihren Beinen entlang auf den Boden und durchnässt den Schlafanzug. Micha bemerkt das und lässt sie los. Der Bauer steht in der Tür und beobachtet die Szene grimmig.

BAUER

Vielleicht hätten Sie da früher drüber nachdenken...

MICHA

(brüllt) HALT DEIN MAUL!

103. AUSSEN: WALDSTRASSE / MORGEN

Micha läuft energisch die Waldstraße entlang. Benni versucht, mit ihm Schritt zu halten. Sie schaut zu Micha hoch und nimmt ihn an der Hand. Aufgrund der zarten Berührung hält Micha an. Er kniet sich runter auf Bennis Augenhöhe.

MICHA

Weißt du eigentlich, was passiert, wenn du mir hier abhaust?

BENNI

Dann kriegst du Ärger?

MICHA

Und zwar TIERISCHEN Ärger. Dann bin ich eventuell sogar meinen Job los. Und je nachdem was passiert...

Benni nickt und wirkt plötzlich wieder wie ein kleines Kind.

BENNI

Entschuldigung.

MICHA

Mach das nie wieder!

Er atmet tief durch.

MICHA (CONT'D)

Die drei Tage sind übrigens schon längst um. Du hast die Wette verloren.

BENNI

Du sie aber auch.

MICHA

Wie auch immer. Du wirst jetzt gewaschen, du laufender Kuhstall.

104. AUSSEN: VOR HÜTTE / TAG

Frühe Morgensonne über dem Wald. Benni hämmert auf dem Baum wie wild die letzten Bretter zusammen, die schon fast ein fertiges Baumhaus ergeben. Micha tritt mit einem Kaffee aus der Hütte.

MICHA

Guten Morgen. Dich engagiere ich bald bei mir zu Hause.

Benni springt aus einer erschreckenden Höhe vom Baum, rennt auf Micha zu und fällt ihm um den Hals, sodass er den ganzen Kaffee über sich verschüttet, die Tasse fällt runter. Er hält sie fest im Arm.

BENNI

Das ist der schönste Urlaub, den ich jemals hatte.

105. AUSSEN: VOR HÜTTE / TAG

Zeit ist vergangen. Das Baumhaus ist inzwischen dekoriert mit selbst gebauten Fahnen. Die Sonne steht tief über dem bewaldeten Tal.

Micha packt das Gepäck und Kisten mit restlichem Essen in den Kombi. Dann hupt er zweimal und wartet auf eine Reaktion.

106. INNEN: WOHNZIMMER & ZIMMER BENNI HÜTTE / TAG

Micha betritt die Hütte. Alles ist blitzblank aufgeräumt, nur ein paar Kartons und Tüten stehen noch herum.

MICHA

Benni, die Tüten sind ja immer noch da. Alles, worum ich dich bitte...

Aber Bennis Zimmer ist leer. Ihr Rucksack liegt gepackt auf dem Bett, der zerfledderte Drache schaut unglücklich heraus.

107. AUSSEN: VOR HÜTTE / TAG

Micha geht um die Hütte.

MICHA

(laut)
BENNI! KOMM JETZT!

Er schaut im Schuppen nach, beim Brunnen, dann bemerkt er den Holzblock, auf dem die Axt fehlt. Schließlich nähert er sich dem Baumhaus, aus dem ein Schniefen zu hören ist.

108. INNEN & AUSSEN: BAUMHAUS / TAG

Benni sitzt im Baumhaus auf dem Boden mit der Axt in der Hand. Sie weint, ihr Gesicht ist rot und verheult. Micha klettert die Leiter hoch. Benni hebt die Axt.

BENNI

Geh weg! Ich komm nicht mit!

MICHA

Hey, Kampfzwerg...

BENNI

Ich hau mir die Axt in den Kopf, wenn du mich zwingen willst.

MICHA

(sanft)
Dein Kopf ist viel zu dick für diese kleine Axt.

BENNI

(brüllt)
HALT DIE KLAPPE! ICH BLEIB HIER!!!

Micha klettert ins Baumhaus und bleibt in einigem Abstand sitzen. Benni drückt sich noch mehr in die Ecke.

MICHA

Es wird ganz schön ungemütlich hier im Winter.

BENNI

Ist mir egal!! Ich bring mich lieber um. Die wären alle froh.

MICHA

Ich wäre ziemlich traurig.
(nach einem Moment)
Dann sehe ich ja gar nicht, wie du Baumhaus-Architektin wirst. Oder die Welt umsegelst. Oder was du sonst so machen wirst.

Benni schaut skeptisch hoch. Micha hält ihr die Hand hin und fordert sie damit auf, ihm die Axt zu geben. Benni klammert sich fester an die Axt.

BENNI

Die wollen mich einsperren, damit ich nicht zu Mama kann.

MICHA

Das können die nicht so einfach.

BENNI

Und wenn doch?

MICHA

Ich weiß auch nicht, wie es weitergeht. Aber um es rauszufinden, müssen wir zurück.

Benni schaut ihn skeptisch an.

MICHA (CONT'D)

Ich lass dich nicht alleine, Benni.

Zögerlich lässt Benni die Axt sinken. Micha hält seine Hand hin. Benni gibt ihm ganz langsam die Axt.

109. INNEN: AUTO MICHA / TAG

Landschaft saust vorbei. Die beiden fahren im vollgepackten Kombi. Benni ist stiller als sonst. Sie schaut raus und lässt die Wälder und Täler an sich vorbeiziehen.

Micha dreht seine Goa-Musik lauter und wippt mit dem Kopf im Takt, um Benni aufzuheitern. Erst versucht sie, ihn zu ignorieren, dann schaut sie ihn genervt an und schließlich kann sie auch nicht mehr. Sie wippt selbst mit dem Kopf und lächelt.

110. AUSSEN: LANDSTRASSE / TAG

Während die Goa-Musik weiterläuft, verlässt der Kombi die Landstraße und fährt auf die Autobahn.

111. INNEN: AUTO MICHA / DÄMMERUNG

Es dämmert schon. Micha parkt vor der Kindernotaufnahme und versucht, Benni zu wecken, die auf dem Beifahrersitz eingeschlafen ist.

MICHA

Aufwachen, Benni. Wir sind da.

Benni grummelt, Micha rüttelt sie sanft.

MICHA (CONT'D)

Na komm, Kampfzwerg... Wach auf.

Benni macht ein Auge auf. Als sie realisiert, wo sie gerade sind, erschrickt sie und ist sofort hellwach. Sie klammert sich so sehr an Micha, dass es ihm wehtut.

BENNI

Ich will da nicht mehr hin! Bitte! Nimm mich mit zu dir, bitte, bitte!

Micha will sich von ihr lösen, aber vergeblich. Er ringt mit sich, schaut raus, atmet durch.

MICHA

Komm schon, Benni. Du kennst doch den Laden, die sind okay.

BENNI

Ich will aber bei DIR bleiben! Nur bei DIR! Nur heute! Bitteeeeee!!!!

MICHA

Nein. Das geht nicht.

Benni fängt an, ihren Kopf gegen die Beifahrertür zu hauen. Micha versucht, sie festzuhalten.

MICHA (CONT'D)

Stopp!!! Hör auf, Benni!

Benni haut ihren Kopf jetzt massiv gegen die Autotür, Blut klebt inzwischen an der Scheibe und an Bennis Stirn. Micha umklammert Benni mit aller Kraft, sodass sie sich nicht mehr bewegen kann. Sie brüllt dabei aus Leibeskräften.

BENNI

LASS MICH SOFORT LOS!!

MICHA

Ich bringe dich morgen früh nach dem Frühstück sofort zurück. Und wehe, du machst noch mal so ein Theater, hast du das verstanden?

Benni wird sofort ruhig. Von ihrer Stirn läuft Blut.

BENNI

Ehrenwort.

Micha gibt einen verzweifelten Laut von sich und startet den Wagen.

MICHA

Ich glaube es nicht! Verdammt.

Benni vergewissert sich, dass sie wirklich wegfahren.

BENNI

(leise) Danke.

112. INNEN & AUSSEN: AUTO MICHA & VOR HAUS MICHA / ABEND

Micha und Benni fahren durch ein Neubaugebiet, in dem frisch gebaute Eigenheime stehen. Einige sind noch mitten in Konstruktion.

Draußen ist es nun dunkel. Benni ist vor Aufregung ganz hibbelig. Das Blut auf ihrer Stirn ist inzwischen getrocknet.

BENNI

Hier?

MICHA

Nein.

BENNI

Hier??

Bei dem letzten Haus der Straße biegen sie in die Einfahrt. Es steht noch Bauschutt davor, direkt dahinter beginnt ein weites Feld mit Waldrand im Hintergrund.

BENNI (CONT'D)

Das ist ja noch gar nicht fertig!

MICHA

Sag das bloß nicht Elli.

Sie steigen aus und gehen zur Haustür. Bevor Micha aufschließt, dreht er sich noch mal zu Benni.

MICHA (CONT'D)

Das ist die absolute, absolute Ausnahme! Morgen früh geht's zurück. Häng das bloß nicht an die große Glocke... verstanden?

Benni nickt bedeutungsvoll.

BENNI

Indianerehrenwort!

Sie spuckt sich in die Hand und hält sie ihm hin. Micha klopft ihr auf die Schulter. Benni schaut etwas enttäuscht und wischt ihre Hand an der Hose ab.

113. INNEN: FLUR HAUS MICHA / ABEND

Die beiden betreten einen vollgestellten Flur. ELLI (33), eine hochschwangere Frau mit Tätowierungen auf dem Arm, kommt ihnen entgegen. Auf dem Arm trägt sie Baby AARON (10 Monate).

ELLI

Oh, hallo...?

MICHA

Na, ihr zwei.

Benni wirkt schüchtern, als sie Elli sieht, und versteckt sich hinter Micha. Elli schaut Micha fragend an, er weicht ihrem Blick aus.

ELLI

Bist du vielleicht Benni?

Benni nickt und starrt gebannt auf Ellis dicken Bauch.

BENNI

Du kriegst ja noch ein Baby.

Micha küsst Elli zärtlich auf die Wange und nimmt ihr Aaron ab. Dann knuddelt er Aaron liebevoll.

MICHA

Hab ich euch vermisst!

Benni scheint fasziniert.

BENNI

Tritt es dich manchmal?

ELLI

Nicht nur manchmal. Ich glaube ja, sie spielt
Fußball da drin.
Willst du mal fühlen?

Benni fasst vorsichtig Ellis Bauch an.

ELLI (CONT'D)
Was ist mit deiner Stirn passiert?

MICHA
Nur 'ne Schramme. Benni bleibt für heute Nacht hier. Es ist jetzt schon so spät und da dachte ich...

Ellis Blick wird noch fragender, aber Micha weicht aus. Benni beobachtet alles genau und folgt Micha ins Wohnzimmer.

114. INNEN: WOHNZIMMER & KÜCHE HAUS MICHA / ABEND

Benni betritt das geräumige Wohnzimmer mit Blick in den Garten. Sie stöbert herum wie ein Spürhund, während Elli Milch und Kakao auf den Tisch stellt. Micha ist mit Aaron in der offenen Küche zugange.

Benni setzt sich zu Elli an den Tisch und füllt acht Löffel Kakaopulver in die Tasse. Die dicke Kakaosuppe, die daraus entsteht, trinkt sie in einem Rutsch aus und rülpst laut.

BENNI
Das ist der leckerste Kakao, den ich je getrunken habe!

Benni hat jetzt einen Kakao-Schnurrbart im Gesicht. Mit dem getrockneten Blut dazu sieht sie ziemlich wild aus.

BENNI (CONT'D)
Isst du auch immer Fischstäbchen?

ELLI

Nee, wieso?

BENNI

Als Mama schwanger war, hat sie immer nur Fischstäbchen gegessen. Die habe ich ihr immer ans Sofa gebracht.

ELLI

Das ist aber lieb von dir.

Benni bekommt Aufwind. Sie verwischt sich den Kakao noch mehr im Gesicht, während sie aufgeregt redet.

BENNI

Dann haben wir zusammen Armbänder gemacht. Ganz viele. Da war gerade Schluss mit Andy. Obwohl, der war eigentlich echt cool, außerdem hatte der eine PlayStation…

Elli nimmt eine Serviette und will Bennis Gesicht putzen. Benni schlägt ihre Hand weg und springt auf.

BENNI (CONT'D)

(brüllt) LASS DAS!

Benni atmet heftig, ihr Körper ist in Kampfhaltung. Micha kommt schnell aus der Küche und reicht Aaron an die verunsicherte Elli. Benni weicht einen Schritt zurück.

MICHA

Ruhig, Benni. Alles ist gut.

BENNI

(brüllt) NEIN!!! GEH WEG!!!

MICHA

Drück mal meine Hand.

Er hält seine Hand hin. Nach einem Moment des Zögerns nimmt Benni Michas Hand und drückt sie. Dabei beruhigt sie sich.

MICHA (CONT'D)

Elli weiß das mit deinem Gesicht noch nicht.
Keiner tut dir was hier.

Elli beobachtet irritiert, aber gerührt die Szene. Benni wirkt jetzt harmlos wie ein kleines Lamm.

MICHA (CONT'D)

Gut gemacht, Kampfzwerg.

Micha nimmt Bennis Hand ganz fest in seine.

MICHA (CONT'D)

Aber dein Gesicht solltest du trotzdem waschen.

115. INNEN: WOHNZIMMER HAUS MICHA / ABEND

Benni hat nur noch eine kleine Schramme auf der Stirn und ist ansonsten sauber. Sie spielt geduldig mit Aaron und legt ihm Spielzeuge hin, zu denen er glucksend (hin) krabbelt. Sie lobt ihn dabei und zeigt viel Geduld.

Micha und Elli beobachten die zwei Kinder durch die offene Küche. Sie haben Salami-Pizza und Salat vorbereitet.

MICHA

(leise)
Tut mir leid, ich hätte sie nicht mitbringen dürfen. Ich weiß auch nicht, was mich geritten hat...

Elli schaut Micha prüfend an.

MICHA (CONT'D)

Schau mich nicht so an!

Elli lacht und schmiegt sich an ihn.

ELLI

Was ist mit ihrem Gesicht?

MICHA

Erzähl ich dir wann anders.

Elli streichelt Micha am Arm, dann trägt sie zwei Pizzen ins Wohnzimmer. Benni jubelt und setzt sich an den Tisch. Micha beobachtet das. Dann nimmt er die restlichen Teller sowie eine Salatschüssel und geht zu den anderen.

116. INNEN: TREPPENHAUS & FLUR HAUS MICHA / ABEND

Benni rast aufgeregt vor Micha die Treppen hoch.

BENNI

Wer zuerst oben ist!!

Benni erreicht vor Micha den ersten Stock. Dort gehen Türen vom Flur zu allen Seiten ab. Benni schaut in ein paar Zimmer hinein.

MICHA

Hier links!

117. INNEN: ZIMMER UNGEBORENES KIND HAUS MICHA / ABEND

Benni steht staunend in einem Raum mit bunt geblümten Kindertapeten, der bis auf einen Wickeltisch noch leer ist.

BENNI

Wer wohnt hier?

MICHA

Unsere Tochter, wenn sie da ist.

Micha holt eine Matratze aus einem anderen Zimmer. Während Benni allein ist, schaut sie sich ehrfürchtig um.

Wenig später liegt sie im Schlafanzug und mit ihrem Drachen im Arm in dem improvisierten Bett. Micha sitzt neben ihr.

BENNI

Warum macht ihr gleich noch ein zweites Kind?

MICHA

Das war nicht ganz so schnell geplant.

BENNI

Warum habt ihr dann nicht besser verhütet?

Micha schmunzelt.

MICHA

So, Kampfzwerg, Sendepause jetzt. Morgen früh bringe ich dich zurück.

Benni hält seine Hand fest und legt sich mit dem Oberkörper darauf.

BENNI

Nicht gehen!

MICHA

Doch. Ist schon spät.

Sie klammert sich noch fester an seinen Arm.

BENNI

Nein...

MICHA

Na los, Benni. Gute Nacht jetzt.

BENNI

Micha... Willst du mein Papa sein?

Micha schweigt.

BENNI (CONT'D)

Du kannst mich doch adoptieren und dann wohne ich hier.

MICHA

Das geht nicht.

BENNI

Warum nicht?

Micha fallen die Worte extrem schwer.

MICHA

Ich habe schon eine Familie, Benni, und du hast auch eine. Und ich werde mich bei Frau Bafané einsetzen, dass sie eine andere Lösung für dich findet. Einen Ort, wo du eine feste Person an deiner Seite hast. Wir zwei sehen uns doch eh jeden Tag, wenn ich dich in die Schule bringe... Du kannst auch zu mir ins Training kommen, richtig Boxen lernen.

BENNI

(unterbricht ihn)
Ich will aber, dass DU mein Papa bist...

MICHA

Ausgeschlossen.

Benni hält kurz inne.

BENNI

Wenn ich deine Frau und dein Kind umbringe, dann habe ich dich ganz für mich alleine.

MICHA

Red nicht so 'nen Quatsch, Mann. Außerdem sperren sie dich dann erst recht ein. Ich hab dir doch gesagt, ich lass dich nicht alleine.

BENNI

Doch, Papa! Bitte, Papa!

MICHA

(bestimmt)
Hör sofort auf, Benni!

BENNI

(immer lauter)
Papa, Papa, Papa, Papa...

118. AUSSEN: VOR HAUS MICHA / NACHT

Micha sitzt auf einer Bank neben der Haustür die Kälte. Er hat einen düsteren Ausdruck im Gesicht.

119. INNEN: SCHLAFZIMMER HAUS MICHA / NACHT

Micha legt sich mit einem abwesenden Lächeln neben Elli. Sie beobachtet ihn. Aaron schläft in seinem Beistellbettchen.

ELLI

Alles okay?

MICHA

Klar.

ELLI

Du lügst doch.

MICHA

Lass mich lügen bitte.

Micha legt sich mit dem Gesicht auf die Matratze und verharrt kurz, dann packt er mit seinem Arm Ellis Brust und beißt ihr in die Schulter.

ELLI

Au!

Elli grinst und Micha streichelt zärtlich ihren dicken Bauch. Sie dreht den Kopf zu ihm und drückt ihre Stirn an seine.

120. INNEN: ZIMMER BENNI & FLUR KINDERNOT-AUFNAHME / TAG

Benni schmeißt ihren Rucksack samt Drachen in das Zimmer der Kindernotaufnahme. Sie stößt dabei einen lauten Schrei aus.

Micha steht frustriert in der Tür, neben ihm Erzieherin Saskia. Ein verschrecktes Mädchen sitzt auf dem anderen Bett.

BENNI

(harsch zum Mädchen) Glotz nicht so blöd!

ERZIEHERIN SASKIA
KINDERNOTAUFNAHME

Benni, versuch's doch mal freundlich.

BENNI

Fick dich, dumme Erzieherin! Du hast mir gar nichts zu sagen.

Benni tritt zwei Stühle um in Richtung Saskia.

ERZIEHERIN SASKIA
KINDERNOTAUFNAHME

(laut) MARC, KOMMST DU MAL?

MICHA

Benni, ich gehe jetzt.

BENNI

NEIN! DU GEHST NICHT!

Benni klammert sich wie ein Affe an Michas Bein und lässt ihn nicht los. Er zieht sie mühsam zur Tür und durch den Flur.

MICHA
Wir haben eine Abmachung...

BENNI
Wenn du gehst, gehe ich auch!

Erzieher Marc kommt dazu. Zusammen versuchen die Erwachsenen, Benni, die sich aus Leibeskräften wehrt, von Michas Bein zu lösen. Bei Saskia landet weißliche Spucke im Gesicht.

BENNI (CONT'D)
(brüllt) ICH HASSE EUCH!

ERZIEHER MARC KINDERNOTAUFNAHME
Der Urlaub hat ja richtig viel gebracht. Solltet ihr gleich noch mal machen!

Micha weiß darauf keine Antwort. Die Erwachsenen ziehen an Benni, die immer noch fest an Michas Bein hängt.

121. INNEN: ESSZIMMER & AUFENTHALTSRAUM KINDERNOTAUFNAHME / TAG

Benni sitzt alleine an einem großen Tisch und isst. Erzieherin Saskia sitzt bei ihr.

Die anderen Teller sind schon gedeckt. Ein paar Kinder laufen im Hintergrund durch den Flur, ein paar andere schauen neugierig herein.

DENNIS KINDERNOTAUFNAHME
Wann dürfen wir endlich essen, ich hab auch Hunger?

ERZIEHERIN SASKIA
KINDERNOTAUFNAHME

Geht gleich los.
(zu Benni) Magst du noch Nachtisch?

Benni leckt ihren Teller ab, rülpst laut. Die Kinder kichern.

BENNI

Ja. Nachtiiiiiiisch!!!!

Sie merkt, dass die Kinder es lustig finden. Saskia geht zur Küchenzeile. Sie nimmt zwei Tabletten und mischt sie in einen Joghurt, den sie vor Benni stellt. Benni schneidet ihr eine Grimasse und fängt an zu essen. Dennis schaut wieder durch die Tür.

DENNIS KINDERNOTAUFNAHME

Iss mal schneller, Alte.

BENNI

Ey, Dennis, guck mal.

Benni klettert auf den Tisch und singt mit einem imaginären Mikrofon lauthals ein wildes Lied auf Fantasiesprache.

ERZIEHERIN SASKIA
KINDERNOTAUFNAHME

Benni, runter da. Sofort!

Mehr Kinder kommen dazu und finden Bennis Auftritt lustig.

ERZIEHERIN SASKIA KINDERNOTAUF-
NAHME (CONT'D)

Na los, Benni. RUNTER DA!

Benni streckt ihr den Po entgegen und wackelt damit. Die Kinder kreischen vor Spaß.

122. INNEN: TIME-OUT KINDERPSYCHIATRIE / TAG

Benni liegt angeschnallt und sediert auf einer Liege im Time-Out. Ihr Blick ist leer. Eine Krankenschwester sitzt schweigend daneben.

123. INNEN: AUTO FRAU BAFANÉ / TAG

Benni sitzt vorne in Frau Bafanés Auto, die vor einem eleganten Altbau einparkt und dabei nickend zuhört.

BENNI

...das Holz hab ich ganz alleine gehackt. War auch ganz leicht.
Babyleicht! Und das Baumhaus ist ultramegaschön geworden, das musst du dir mal anschauen.

FRAU BAFANÉ

Da sind wir.

Benni schaut sich aufmerksam um.

FRAU BAFANÉ (CONT'D)

Kannst du dich noch erinnern?

BENNI

Da war eine Hecke mit so weißen Knackbeeren dran... Weil ich so klein war, hab ich immer "Kackbeeren" zu gesagt.

FRAU BAFANÉ

Aufgeregt?

Benni nickt und schaut Frau Bafané mit großen Augen an.

124. AUSSEN: VOR HAUS SILVIA / TAG

Sie stehen vor einer Klingel mit mehreren Namen dran. Benni zeigt auf das zweitoberste Namensschild.

BENNI

Da ist es! Wo Schwarz steht.

FRAU BAFANÉ

Mach du.

Benni drückt zögerlich auf die Klingel. Eine Frauenstimme meldet sich, im Hintergrund hört man ein Kind.

SILVIA (OFF SCREEN)

Hallo?

BENNI

(freudig)
Hallo, Silvia! Hier ist Benni!

SILVIA (OFF SCREEN)

Hallo, Benni, komm hoch.

Der Türöffner geht und Benni drückt die Tür auf.

125. INNEN: TREPPENHAUS SILVIA / TAG

Benni rennt die Treppen hoch, nimmt immer zwei Stufen auf einmal. Kurz vor dem dritten Stock bleibt sie abrupt stehen.

In einer offenen Wohnungstür stehen SILVIA (46), eine sympathische Frau mit dunklen Locken, und neben ihr JUSTIN (6), ein Junge mit bunter Brille.

SILVIA

Hallo, Benni, meine Süße!

Benni zögert. Sie schaut zu Frau Bafané, die hinter ihr leicht schnaufend die Treppen hochkommt.

SILVIA (CONT'D)
Das ist Justin. Er ist jetzt mein Pflegekind, so wie du damals. Sag hallo, Justin!

Gemeinsam mit Frau Bafané nähert sich Benni den beiden.

JUSTIN
Hallo!

BENNI
(leise) Hallo.

SILVIA
Na, kommt erst mal rein!

Benni schaut zu Frau Bafané, die ihr aufmunternd zunickt. Benni gibt sich einen Ruck und betritt die schöne Wohnung.

126. INNEN: FLUR WOHNUNG SILVIA / TAG

Benni zieht sich im Flur die Schuhe aus und schaut sich mit großen Augen um. Frau Bafané zieht ebenfalls die Schuhe aus.

SILVIA
Jetzt lass dich mal ansehen, Benni. Meine Güte, bist du groß geworden. Es ist ja ein Weilchen her, dass wir uns gesehen haben...

BENNI
An meinem letzten Geburtstag!

SILVIA
Stimmt. Danach waren wir noch mal Schlittschuh laufen, oder?

BENNI
Ist Käpt'n Hook noch da?

SILVIA

Na klar, was denkst du denn...

Benni rennt den Wohnungsflur entlang, Justin rennt hinterher. Frau Bafané schaut Silvia freudig an, Silvia zwinkert ihr zu.

127. INNEN: WOHNZIMMER WOHNUNG SILVIA / TAG

Benni und Justin hocken vor einem großen Aquarium und beobachten Fische, vor allem einen dicken gelb-schwarzen.
Frau Bafané und Silvia betreten das geräumige Wohnzimmer. Ein Kanarienvogel piepst in seinem Käfig. Eine dicke Katze liegt faul auf einem Kissen. Tee und Kekse stehen bereit.

BENNI

Guck mal, Frau Bafané, den hab ich ausgesucht.

Frau Bafané schaut auf den gelb-schwarzen Fisch.

FRAU BAFANÉ

Sieht sehr schick aus.

Silvia setzt sich in die Sofaecke, Justin krabbelt ganz nah zu ihr. Silvia verteilt Tee und Kekse an alle.

FRAU BAFANÉ (CONT'D)

Benni, wir beide haben ja schon gesprochen. Du weißt, es gibt vielleicht die Möglichkeit, dass du wieder bei Silvia wohnen kannst.

Benni sieht Silvia kurz an, dann wieder das Aquarium. Sie wirkt überfordert mit der Situation und fängt an, die dicke Katze zu streicheln.

BENNI

Hallo, Bambi...

SILVIA

Hanna und Sebastian sind ausgezogen und studieren. Ich habe also Platz. Du könntest das alte Zimmer von Sebastian haben. Aber, Benni, es gibt eine Sache, die wir sehen müssen. Justin wohnt seit einem Jahr bei mir. Und es geht nur, wenn ihr euch versteht.

Benni schaut auf ein Familienfoto an der Wand, auf dem Silvia mit einem Mann und zwei Teenagern zu sehen ist. Dabei steht Benni, jünger als jetzt, und grinst bis über beide Ohren. Benni streichelt die Katze weiter.

FRAU BAFANÉ

Was meinst du denn dazu, Benni?

Benni zuckt die Schultern.

FRAU BAFANÉ (CONT'D)

Wir dachten, dass ihr vielleicht ab jetzt ein-, zweimal die Woche zusammen was unternehmt, und dann können wir ja schauen, wie es mit dir und Justin klappt.

SILVIA

Hast du auf was Bestimmtes Lust?

BENNI

Schlittschuhlaufen!!!

SILVIA

Das machen wir. Na klar.

BENNI

Kann Micha auch mitkommen?

SILVIA

Ist das der...?

Sie schaut kurz zu Frau Bafané, die ihr zunickt

SILVIA (CONT'D)
Na ja, ich denke schon. Oder?

Benni juchzt vor Freude.

BENNI
(zu Justin)
Komm, los, wir spielen!

Justin folgt Benni in eines der Kinderzimmer.

FRAU BAFANÉ
Sie sind unsere letzte Rettung, Frau Schwarz. Das war eine ziemliche Verzweiflungstat, Sie anzurufen... Ohne Herrn Heller wäre ich nicht auf die Idee gekommen.

SILVIA
Und ich hab mich ehrlich gesagt über Ihre Anfrage ziemlich gefreut.

Da hört man einen schrillen Schrei aus dem Kinderzimmer.

128. INNEN: KINDERZIMMER WOHNUNG SILVIA / TAG

Justin steht in seinem Zimmer und brüllt wie am Spieß. Silvia und Frau Bafané betreten den Raum. Benni baut aus seinen Autos und Garagen eine Stadt.

BENNI
Ich hab nichts gemacht.

JUSTIN
Meine Autobahn!!

BENNI
Ich mach es gleich wieder zurück.

JUSTIN

SIE SOLL DAS WIEDER HINLEGEN!

Benni wird sauer und fängt an zu brüllen.

BENNI

ICH HAB ES MIR NUR AUSGELIEHEN!

Silvia kniet sich zu Justin und nimmt ihn tröstend in den Arm. Der schluchzende Junge beruhigt sich schnell.

SILVIA

(zu Benni)
Wenn Justin es nicht erlaubt, darfst du nicht einfach seine Sachen nehmen. Du musst fragen.

Benni tritt die gesamte Autobahnstadtlandschaft um. Silvia holt eine Kiste voller Spielzeug unter dem Bett hervor.

SILVIA (CONT'D)

(geduldig)
Hör auf damit, Benni! Such dir lieber was von hier aus. Wenn es mit euch klappen soll, musst du Rücksicht auf Justin nehmen.

Benni drückt ihre Finger zusammen, so wie Micha. Sie atmet heftig, schreit aber nicht mehr. Silvia streicht ihr liebevoll über den Arm.

Benni kniet sich zur Kiste und fängt an, darin rumzukramen. Frau Bafané und Silvia wechseln einen positiv überraschten Blick.

129. INNEN: TREPPENHAUS VOR TRAININGSRAUM / TAG

Benni rast euphorisch die Treppen in einem Industriegebäude hoch, Frau Bafané kann ihr kaum folgen. Ein paar Jungs (16-18 Jahre) kommen ihnen in Trainingsklamotten und mit Taschen auf den Schultern entgegen.

130. INNEN: TRAININGSRAUM & UMKLEIDE / TAG

Benni stürmt in einen Umkleideraum, in dem Micha und eine Co-Trainerin stehen, während sich im Hintergrund ein paar Jungs umziehen. Einige machen blöde Witze, andere verabschieden sich gerade.

BENNI

Darf ich schon rein?

MICHA

Aber Schuhe aus vorher.

Benni reißt sich Schuhe und Jacke vom Körper, lässt alles auf dem Boden liegen und rast in den riesigen Trainingsraum, in dem große Boxsäcke hängen. Sie läuft im Slalom darum herum und stößt alle an.

FRAU BAFANÉ

Guten Tag, Herr Heller!

Frau Bafané wirkt viel lebendiger und positiver als sonst. Um sie herum ist immer noch viel Betrieb, während des Gesprächs leert sich der Raum langsam.

FRAU BAFANÉ (CONT'D)

Wie geht es Ihnen denn?

MICHA

Ganz gut, und selber?

FRAU BAFANÉ

Ich will Ihnen danken, Herr Heller. Sie haben wirklich etwas bewirkt mit Ihrer Maßnahme. Es war so schwer, die noch bewilligt zu bekommen, aber es hat sich gelohnt. Gratuliere!

MICHA

Hoffen wir das mal. Man kann keine Wunder vollbringen in drei Wochen.

FRAU BAFANÉ

Und Benni scheint tatsächlich bei Frau Schwarz einziehen zu können. Wenn das klappt, ist es auch Ihr Verdienst. Wenn Sie eine Folgemaßnahme im Kopf haben, dann habe ich jetzt die besten Argumente auf unserer Seite. Dieses Mal sollte es dann noch schneller gehen mit der Bewilligung.

Micha lächelt nachdenklich und schaut Benni zu. Dann wendet er sich an Frau Bafané und sucht nach den richtigen Worten.

FRAU BAFANÉ (CONT'D)

Was denken Sie, Herr Heller?

MICHA

Es ist... ganz ehrlich? Erschrecken Sie nicht, Frau Bafané. Aber ich denke darüber nach, den Fall abzugeben.

Frau Bafané entgleiten kurz die Gesichtszüge.

FRAU BAFANÉ

Das ist jetzt nicht Ihr Ernst.

MICHA

Doch. Ich dachte eigentlich, so etwas passiert mir nicht. Aber ich verliere die nötige Distanz.

FRAU BAFANÉ

Aber was ist denn passiert? Hatten Sie nicht täglichen Kontakt zu jemandem wegen Supervision?

MICHA

Ich habe Benni bei mir übernachten lassen und sie hat mich gefragt, ob ich sie adoptieren will.

FRAU BAFANÉ

Verstehe... Mist. (nach einer Pause)
Aber wir lassen das einfach unter den Tisch fallen, Herr Heller. Unter uns, Sie sind nicht der Einzige... und jetzt, mit Frau Schwarz, da...

MICHA

Ich kriege Rettungsfantasien. Es läuft irgendwie außer Kontrolle.

Micha fällt es schwer, sein Scheitern einzugestehen. Frau Bafané merkt es. Benni hüpft und kreischt im Hintergrund herum.

MICHA (CONT'D)

Es tut mir wirklich leid. Aber hier mit den Jungs bin ich besser aufgehoben.

FRAU BAFANÉ

Überlegen Sie es sich bitte gut. Wenn Benni zu Frau Schwarz zieht, wird sich die Lage entspannen.

MICHA

Deshalb könnte es auch der richtige Zeitpunkt für den Wechsel sein.

Frau Bafané sieht sehr unglücklich aus.

FRAU BAFANÉ

Ich respektiere Ihre Entscheidung, wie auch immer sie ausfällt. Aber noch brauche ich Sie, Herr Heller.

131. INNEN: EISHALLE / TAG

Benni fährt rasant Schlittschuh in einer Eissporthalle. Sie dreht sich, springt und wedelt dabei mit den Armen.

BENNI

Guckt mal! Hey, guckt mal!!!

Silvia und Justin fahren hinter ihr, Justin an Silvias Hand. Sie sind viel langsamer und unsicherer unterwegs.

BENNI (CONT'D)

Na komm, Justin, komm!

Justin schaut bewundernd zu Benni. Er will ihr folgen und plumpst dabei hin. Benni saust zu ihm und hilft ihm auf.

BENNI (CONT'D)

Komm, steh auf. Guck mal, so hier!

Silvia kommt holprig dazu gewackelt.

BENNI (CONT'D)

Los, ich halte dich, dann kannst du nicht hinfallen.

Benni nimmt Justin vor sich und hält seine Arme hoch. Es klappt gut und Justin quietscht vor Freude!

BENNI (CONT'D)

Ja, Justin, super!! Weiter, weiter!

Justin ist stolz, weil er sich auf den Beinen halten kann, und Benni ist stolz, weil sie ihm geholfen hat. Benni winkt jetzt zum Rand der Eishalle. Hinter der Absperrung steht Micha und winkt zurück.

Da verliert Justin das Gleichgewicht und fällt um. Benni fällt auf ihn drauf. Beide lachen sich darüber kaputt.

132. AUSSEN: STRASSE VOR KINDERNOTAUFNAHME / TAG

Benni läuft neben Micha her und strahlt bis über beide Ohren.

BENNI

Warum läufst du nicht auch mal Schlittschuh? Ich kann dir das auch beibringen!

MICHA

Ich fall nur hin, das macht mir keinen Spaß. Ehrlich nicht.

Benni bleibt abrupt stehen.

BENNI

Mama.

Vor der Kindernotaufnahme steht ein rosafarbener Buggy. Plötzlich rennt Benni wie von der Tarantel gestochen los. Sie reißt die schwere Tür auf und stürmt in die Kindernotaufnahme.

133. INNEN: TREPPENHAUS KINDERNOTAUFNAHME / TAG

Benni rast die Treppen hinauf, nimmt zwei Stufen auf einmal.

BENNI

(laut) MAMAAAA?? MAMAAAAAA!

134. INNEN: FLUR & ZIMMMER BENNI KINDERNOTAUFNAHME / TAG

Benni reißt die Glastür auf und stürzt in den Flur der Kindernotaufnahme.

Bianca redet gerade mit Erzieherin Saskia, während Alicia und Leo sich laut schreiend um das Dreirad kloppen.

BENNI

Mamaaaaaaa!

Benni rennt auf ihre Mutter zu und springt ihr auf den Arm. Bianca drückt Benni ganz fest und schaut sie liebevoll an.

BENNI (CONT'D)

Mama, Mama, Mama, Mama!

BIANCA

Hallo, mein Mädchen. Du bist ja schon wieder größer! Ich hab dir was mitgebracht. Weil ich doch letztes Mal nicht kommen konnte.

Bianca setzt Benni ab und holt aus ihrer Tasche ein selbst gemachtes Armband aus bunten Glas- und Plastikperlen.

BENNI

Boah, schön, danke Mama!!!

BIANCA

Alicia und ich haben das zusammen für dich gemacht.

Inzwischen hat auch Micha den Flur betreten und bleibt in einigem Sicherheitsabstand stehen.

ERZIEHERIN SASKIA
KINDERNOTAUFNAHME

Frau Klaaß, das ist Herr Heller. Bennis Schulbegleiter.

Micha und Bianca geben sich die Hand.

MICHA

Tag.

BIANCA

Hallo.

Beiden scheint unbehaglich zumute.

BENNI

(aufgeregt) Micha ist voll cool, Mama. Wir waren im Wald, er hat da so ein Haus ohne Klo. Am Anfang dachte ich, ich sterbe...

Bianca unterbricht Benni.

BIANCA

Erzähl mir das später, mein Schatz, ganz in Ruhe.
Ich habe noch eine Überraschung für dich.

BENNI

Ich hab auch was für dich, Mama!!

Benni rast los durch den Flur in ihr Zimmer.

MICHA

Ich muss leider los. Wiedersehen, Frau Klaaß.
(laut)
Benni, bis Dienstag.

Benni rast schon wieder zurück, die rosafarbene Tasche mit den Glitzersteinen unterm Arm.

BENNI

Tataaaaa! Für dich, Mama.

Sie hält die Tasche wie einen Pokal in die Höhe. Verunsichert nimmt Bianca die Tasche entgegen.

BIANCA

Danke, mein Schatz... Woher hast du das?

BENNI

Hab ich gespart.

Bianca schaut skeptisch, Erzieherin Saskia sagt nichts dazu. Leo überlässt Alicia das Dreirad und zieht an Bianca.

LEO

Ich hab Hunger, Mama!

BIANCA

Ja, gleich.

LEO

Nein, jetzt!! Bitte!

Bianca schaut fragend zu Saskia, die nickt freundlich.

BIANCA

Wann sollen wir wieder da sein?

ERZIEHERIN SASKIA
KINDERNOTAUFNAHME

In einer Stunde wäre gut.

BIANCA

Na gut. Was wollt ihr denn?

Die drei Kinder brüllen laut verschiedene Essenswünsche durcheinander. Man kann kaum ein Wort verstehen.

135. AUSSEN: STRASSEN / TAG

Benni rennt vor, Leo dicht hinterher. Alicia sitzt in ihrem Buggy. Bianca schiebt und raucht dabei eine Zigarette.

BIANCA

Langsam, Kinder!

Weder Benni noch Leo hören auf sie.

136. INNEN: DÖNERBUDE / TAG

Sie sitzen in einer Dönerbude. Benni bringt stolz zwei riesige Portionen Pommes zum Tisch. Alle stürzen sich drauf.

BENNI

Pizza kommt gleich.

BIANCA

Benni, hör zu. Ich hab dir was ganz Wichtiges zu sagen. Überraschung!

Benni schaut aufmerksam hoch, den Mund voller Pommes.

BIANCA (CONT'D)
Es ist Schluss mit Jens. Ein für alle Mal, wirklich. Ich suche mir Arbeit und dann kannst du wieder bei uns wohnen, mein Fräulein!

Benni kann kaum glauben, was Bianca da sagt.

BENNI
Wirklich???

BIANCA
Ja, ganz wirklich.

Benni braucht immer noch einen Moment.

BENNI
Wann denn???

BIANCA
Sobald wie möglich, ich habe Frau Bafané schon angerufen.

Benni springt ihr um den Hals und schmeißt dabei die Pommes um. Dann fängt sie an zu tanzen und zu singen, während die beiden Geschwister kichern und wild um sie herumwuseln.

DÖNERMANN
Kinder, lasst das! Beruhigt euch!

Die Kinder beachten ihn nicht. Alicia fällt hin und heult.

BIANCA
Benni, nicht so wild! Leo, Alicia. Nicht so wild, Kinder.

DÖNERMANN
Rufen Sie Ihre Kinder zurück!

BIANCA

Kinder, aufhören. Bitte.

Da fängt Benni an, ihre Mutter abzuknutschen, die nicht anders kann, als zu lachen. So entsteht in dem ganzen Chaos ein verrückter, glücklicher Moment.

137. INNEN: KLASSENZIMMER SCHULE FÜR ERZIEHUNGSHILFE / TAG

Benni steht vor ihrer Klasse und liest holprig von einem Blatt vor, das sie selbst beschrieben hat. Micha sitzt hinten in der Klasse an einem Schultisch. Benni schaut zu ihm, Micha zwinkert ihr aufmunternd zu.

BENNI

Der Bauer hat 120 Kühe. Die geben fast alle Milch, die die Menschen trinken. Er hat Melk-Maschinen, die hängen an den Eutern der Kühe...

Ein paar der Mädels kichern, andere quaken dazwischen. Benni lässt sich davon ablenken und wird laut.

BENNI (CONT'D)

EY JESSI, HALT'S MAUL!

LEHRERIN

Ruhe! Mach einfach weiter, Benni, dein Aufsatz ist sehr schön.

BENNI

Die Kälber werden den Kuhmamas weggenommen, damit... MANNOOO!

Benni geht zu einem Mädchen und fegt ihre Sachen vom Tisch.

LEHRERIN

Jessi, du setzt dich hier nach vorne zu mir. Und, Benni, konzentrier dich und lies weiter.

BENNI

Ich hab kein Bock mehr!

LEHRERIN

Ich finde es sehr interessant und Lea und Sarah hören auch zu.

LEA

Voll gut bisher.

Benni stellt sich wieder nach vorne. Sie sucht Blickkontakt mit Micha. Er macht ein Zeichen, dass sie weitersprechen soll.

BENNI

Die Kälber werden den Kuhmamas weggenommen, damit die Mamas Milch geben. Auf den Feldern sät der Bauer Weizen und Mais. Daraus macht man die Nahrung für die Tiere. Inzwischen kann man aus Mais auch Plastiktüten machen...

Micha hört Benni zu, in seinem Gesicht liegt Rührung, aber auch Traurigkeit.

138. INNEN: EISHALLE / TAG

Benni rast über das Eis und vollführt wildeste Kunststücke. Sie ist immer kurz davor, auf die Nase zu fliegen. Justin läuft schon etwas besser als beim ersten Mal hinter ihr her.

BENNI

Guckt maaaaaal! Hey!

Micha und Silvia sitzen auf einer Bank am Rande der Eisfläche. Benni macht einen Sprung mit halber Drehung.

BENNI (CONT'D)
Jetzt guckt! Ihr guckt gar nicht.

SILVIA
Doch, wir gucken ja! Super!

Benni freut sich. Sie wartet auf Justin und ermutigt ihn lautstark, schneller zu fahren. Micha und Silvia beobachten die beiden Kinder auf der Eisfläche.

MICHA
Da sind Sie ja noch mal knapp davongekommen.

SILVIA
Ich hätte es gern noch mal mit ihr probiert. Wissen Sie, das hört sich seltsam an. Aber ich hab mein Herz an dieses Mädchen verloren.

Micha sagt dazu nichts.

SILVIA (CONT'D)
Aber es war schlimm damals. Hat sie Ihnen davon erzählt?

MICHA
Ich glaube nicht.

SILVIA
Wir wollten in die USA. Ein Abigeschenk für meine große Tochter. Benni hat da schon zwei Jahre bei uns gewohnt. Am Flughafen ist sie dann vollkommen ausgeflippt. Es war einfach unmöglich, sie in das Flugzeug zu kriegen.
(hält inne)
Mein Mann und meine Kinder hatten sowieso schon genug. Und ich wusste nicht... Dann haben

wir sie in Frankfurt gelassen bei der Flughafenmission... Wir waren ja schon die vierte Station. Ich wäre bei ihr geblieben, aber...

MICHA

Hören Sie auf, sich Vorwürfe zu machen. Wir sind alle nur Menschen.

SILVIA

Ich hätte es einfach gerne noch mal versucht, mit mehr Ruhe.

MICHA

Und wenn Sie mich fragen, wäre Benni bei Ihnen besser aufgehoben.

Silvia muss lächeln, wenn auch trauriger.

139. INNEN: BÜRO KINDERNOTAUFNAHME / TAG

Hilfeplankonferenz. Frau Bafané, die Erzieher aus der Kindernotaufnahme, Bennis Lehrerin, die junge Ärztin, Micha und die unruhig zappelnde Benni sitzen in einem großen Stuhlkreis. Der Platz neben Benni ist leer. Frau Bafané hat ihr Telefon am Ohr. Dann legt sie auf.

FRAU BAFANÉ

Mailbox.

Genervtes Ausatmen in der Runde.

BENNI

Mama kommt bestimmt gleich.

FRAU BAFANÉ

Fangen wir schon mal an. Benni, wir besprechen heute den Umzug zu deiner Mutter...

Da geht die Tür auf und Bianca kommt schwer atmend herein.

BIANCA

Entschuldigung.

Sie setzt sich auf den leeren Stuhl und schaut Benni kaum an.

FRAU BAFANÉ

Guten Tag, Frau Klaaß. Wir wollten gerade anfangen.

BIANCA

Der Bus hatte Verspätung.

FRAU BAFANÉ

Ich begrüße die Tatsache, dass Sie Benni wieder bei sich aufnehmen.
Wir werden dann heute festlegen, wie und wann das genau passieren soll...

Bianca unterbricht Frau Bafané.

BIANCA

(hektisch)
Es geht noch nicht so schnell. Ich habe noch keine neue Arbeit, vielleicht muss ich noch länger suchen. So in ein oder zwei Jahren ist es besser.

BENNI

(aufgeregt)
Aber du hast gesagt, ich kann zu dir ziehen! Das war die Überraschung, Mama!

BIANCA

Ja, du kannst auch zu mir ziehen, aber nicht jetzt gleich. Sowieso brauche ich vorher eine größere Wohnung, jetzt ist gar kein Platz.

BENNI

(laut) DU HAST ES VERSPROCHEN!

Michas Blick durchbohrt Bianca, er drückt seine Hand.

FRAU BAFANÉ

Frau Klaaß, bei unserem letzten Gespräch sagten Sie, dass es so schnell wie möglich geschehen soll.

Bianca rutscht unsicher auf ihrem Stuhl herum. Die Ablehnung und das Unverständnis der Anwesenden sind deutlich spürbar.

BIANCA

Ich traue es mir noch nicht zu.

BENNI

ABER DU HAST ES VERSPROCHEN!

Benni schießen Tränen in die Augen, sie beißt sich selbst voller Kraft in die Hand. Erzieherin Saskia will ihre Hand wegnehmen. Bianca steht auf und geht zur Tür.

BENNI (CONT'D)

(brüllt) MAMAAAAAA!!!!
NICHT, MAMAAAAAA!!!

BIANCA

Entschuldigen Sie, ich muss los. Alicia ist krank und ich habe niemanden, der auf sie aufpasst.

Mit den Worten verlässt sie den Raum. Benni hat sich die Hand blutig gebissen, Saskia versucht, sie zu beruhigen.

140. AUSSEN: VOR KINDERNOTAUFNAHME / TAG

Bianca verlässt das Gebäude, sie wischt sich Tränen aus den Augen. Sie zündet eine Zigarette an und raucht hektisch. Bianca wirkt verloren und unentschlossen, wohin sie gehen soll. Da öffnet sich die Tür und Frau Bafané stellt sich zu ihr. Einen Moment lang sagt keine von beiden etwas.

FRAU BAFANÉ

Frau Klaaß, ist alles in Ordnung zu Hause? Ich weiß, das ist sehr viel, aber Sie sind ja nicht alleine.

BIANCA

Sie verstehen nicht, Frau Bafané. Benni war immer ein Problemkind, schon im Kindergarten, und ich habe noch zwei Kinder. Die gucken sich alles ab. Mit Leo gibt es auch schon Probleme. Benni hört nicht auf mich. Ich weiß nicht, wie ich das schaffen soll!

FRAU BAFANÉ

Aber das muss doch gar nicht sein. Benni hat in der letzten Zeit enorme Fortschritte gemacht.

BIANCA

Sie finden ja nicht mal ein Heim, das sie aufnehmen will. Wenn die Profis mit ihr nicht klarkommen, wie soll ich das bitte schaffen?

FRAU BAFANÉ

Sie sind ihre Mutter. Ihr Verhalten hat einen großen Einfluss auf Benni, Frau Klaaß.

BIANCA

Ich habe manchmal richtig Angst vor ihr... Ich schaffe das nicht. Und ich weiß nicht, was ich machen soll. Auf keinen Fall kann sie zu mir, sonst wird Leo auch so werden.

Frau Bafané schaut Bianca resigniert an. Einen kurzen Moment schweigen beide. Bianca tritt hektisch die Zigarette aus.

FRAU BAFANÉ

Vielleicht sollten Sie ihr das zumindest selbst erklären. Benni hat fest damit gerechnet...

Bianca kriegt einen panischen Anflug im Gesicht.

BIANCA

Das kann ich nicht, Frau Bafané. Machen Sie das bitte. Ich muss jetzt auch wirklich los. Sagen Sie Benni liebe Grüße.

Mit den Worten dreht sie sich um und geht schnell davon.

FRAU BAFANÉ

"Liebe Grüße", ist das Ihr Ernst?!

Bianca geht noch schneller.

FRAU BAFANÉ (CONT'D)

(ruft laut) Frau Klaaß, bitte bleiben Sie! Verabschieden Sie sich wenigstens von Ihrer Tochter.

Bianca fängt jetzt regelrecht an zu laufen.

FRAU BAFANÉ (CONT'D)

Frau Klaaß, seien Sie vernünftig! (dann leise) Mist.

Mit bebendem Gesicht schaut Frau Bafané Bianca hinterher.

FRAU BAFANÉ (CONT'D)

Mist, Mist, Mist...

141. INNEN: FLUR KINDERNOTAUFNAHME / TAG

Frau Bafané betritt mit müden Schritten den Flur der Kindernotaufnahme. Benni springt ihr sofort entgegen. Die Erwachsenen stehen unsicher daneben, Micha hält sich im Hintergrund.

BENNI

Kann ich jetzt bei Mama wohnen??

FRAU BAFANÉ

Na, weißt du, Benni...

Frau Bafané windet sich, sie schaut zu den anderen Erwachsenen, aber die sehen genauso hilflos aus.

FRAU BAFANÉ (CONT'D)

Deine Mama fühlt sich gerade nicht bereit dafür, weil...

BENNI

(laut) Warum nicht?

Frau Bafané steigen die Tränen in die Augen.

FRAU BAFANÉ

Es tut mir leid, Benni. Ich glaube, es ist, weil sie Angst hat, dass...

Frau Bafané fängt plötzlich an zu weinen. Die Anspannung der letzten Monate entlädt sich.

FRAU BAFANÉ (CONT'D)

Entschuldigung.

Sie versucht, die Tränen zurückzuhalten, aber sie kullern nur noch mehr aus ihr heraus. Sie sackt in sich zusammen mitten auf dem Fußboden des Flurs. Die anderen Erwachsenen nehmen peinlich berührt etwas Abstand ein, einige ziehen sich zurück. Micha schaut beiseite.

BENNI
Warum weinst du denn, Frau Bafané?

Benni legt ihren Arm um die große Frau.

FRAU BAFANÉ
Es tut mir leid... tut mir so leid.

BENNI
Sei doch nicht traurig, Frau Bafané. Komm, hör auf zu weinen.

Von Benni getröstet zu werden, macht es für Frau Bafané noch schlimmer. Sie krampft weinend noch mehr in sich zusammen, während Benni die große Frau ganz fest in den Arm nimmt.

142. ALBTRAUMSEQUENZ

Abstrakt rasen Kufen über das Eis. Blitze eines ganz nahen Frauengesichts. Haut, an der gerissen wird. Das Fell eines Hundes. Eine Hand drückt das Bild zu. Weißes Licht und verzerrte weißblonde Haare. Zunehmend vermischt sich die Montage mit den nahen Kufenbildern und dem langsam immer konkreter werdenden Szenario der Eishalle.

143. INNEN: EISHALLE / TAG

Benni, Justin und Silvia sitzen auf einer Bank in der Eishalle. Silvia und Justin essen ein Eis. Benni macht sich lustig über Menschen, die sich auf der Eisfläche abmühen.

BENNI
Guckt mal, die Fette da! Die kann das überhaupt nicht, voll peinlich.

SILVIA

Sag nicht so was. Das ist hässlich.

BENNI

Aber stimmt doch! Guck mal...

SILVIA

Benni.

BENNI

Wenn ich bei euch wohne, gehen wir dann jeden Tag Schlittschuh laufen?

SILVIA

Jeden Tag wird schwierig. Aber bestimmt regelmäßig.

BENNI

Komm, na los, iss schneller, Justin! Du bist voll langsam.

Justin isst gemütlich sein Eis weiter. Benni klaut ihm das Eis und flitzt damit über die Eisfläche.

BENNI (CONT'D)

Fang mich doch!

Benni hüpft kichernd mit dem Eis vor Justins Nase herum. Justin steht lachend auf. Er versucht, sie zu fangen, ist aber nicht schnell genug. Benni fährt im Kreis um Justin herum und ärgert ihn. Er wird langsam sauer und boxt nach ihr.

BENNI (CONT'D)

Nanananana, du kriegst mich eh nicht, kriegst mich eh nicht.

Jemand rempelt Benni an, sie brüllt ihm hinterher.

BENNI (CONT'D)
PASS DOCH AUF, ARSCHLOCH!!

SILVIA
Benni, lass jetzt gut sein. Ich glaube, wir sollten bald gehen.

BENNI
Wieso, was hab ich gemacht!?

Justin will den Moment nutzen, um sein Eis zurück zu klauen. Dabei rempelt er aber Benni so an, dass sie samt Eis umfällt.

BENNI (CONT'D)
(brüllt) AUA, WAS MACHST DU!

Benni zieht an Justin. Er fällt auf sie drauf und stützt sich dabei in ihrem Gesicht ab. Benni verliert die Kontrolle über sich. Sie schubst Justin runter und setzt sich auf ihn. Benni haut und haut Justins Kopf immer wieder auf den harten Boden.

Silvia ruft um Hilfe. Erwachsene stolpern über das Eis, aber Benni hört sie nicht. Die dumpfen Geräusche aus dem Albtraum werden immer lauter hörbar. Blut läuft über die Eisfläche.

Benni ist wie in Trance. Geräusche der Umgebung sind jetzt gar nicht mehr zu hören. Als die Erwachsenen Benni erreichen und wegziehen, liegt Justin reglos in einer Blutlache.

144. INNEN: ZIMMER BENNI KINDERPSYCHIATRIE / TAG

Helles Licht der Wintersonne scheint in ein geräumiges Zimmer, das im ersten Augenblick an ein Krankenhaus erinnert. Weiße Gardinen und an den Wänden Kinderposter, darunter das Eulen-Poster, das Benni mit Micha aufgehängt hat.

Zwei Betten sind im Zimmer, eins ist leer, in dem anderen liegt Benni und schläft. Frau Bafané sitzt vor ihr auf einem Stuhl und schaut sie schweigend an. Die Tür geht auf und eine zackige KRANKENSCHWESTER (42) kommt hereingesaust.

KRANKENSCHWESTER

Aufstehen, Schlafmütze! Die Gäste sind schon da. Du hast lange genug Mittagsschlaf gemacht.

Die Krankenschwester wuselt durch das Zimmer und lüftet einmal durch. In ihrem ruppigen Ton steckt etwas Liebevolles.

KRANKENSCHWESTER (CONT'D)

In fünf Minuten bin ich wieder da und gucke nach, ob du wach bist!

Benni blinzelt und entdeckt Frau Bafané. Sie braucht kurz, um wach zu werden, und richtet sich dann verschlafen auf. Ihre Haare sind etwas länger als vorher und anders frisiert.

FRAU BAFANÉ

Herzlichen Glückwunsch zum Geburtstag, Benni!

Frau Bafané hat ein Geschenk dabei und reicht es Benni.

BENNI

Darf ich es schon auspacken?

FRAU BAFANÉ

Na los! Es ist von deiner Mama.

Benni setzt sich auf und reißt das Geschenkpapier ab. Zum Vorschein kommt ein Mobiltelefon.

BENNI

Wow, coool!!!

FRAU BAFANÉ

Sie hat mir noch diese Karte hier gegeben.

Frau Bafané holt eine Postkarte heraus.

FRAU BAFANÉ (CONT'D)

Sie kann heute leider nicht kommen, weil sie krank ist. Aber sie kommt, sobald es ihr besser geht. Soll ich vorlesen?

Benni nickt.

FRAU BAFANÉ (CONT'D)

Mein liebes Mädchen. Alles Gute zum Geburtstag. Jetzt bist du schon zehn Jahre alt. Ich bin froh, dass es dich gibt. Jetzt können wir ganz oft telefonieren. Bald besuche ich dich. Einen Kuss und ich hab dich lieb. Mama

Benni blinzelt benommen aus dem Fenster in die Sonne.

FRAU BAFANÉ (CONT'D)

Na komm, jetzt zieh dich mal an, draußen wartet schon der Kuchen auf uns. Und die Gäste natürlich!

Benni kriegt leuchtende Augen.

145. INNEN: AUFENTHALTSRAUM KINDERPSYCHIATRIE / TAG

In einem bunt dekorierten Gemeinschaftsraum stehen Micha, ein paar Kinder, die junge Ärztin und ein paar Pflegerinnen. Vor ihnen steht ein großer Kuchen mit zehn brennenden Kerzen.

GÄSTE

(singen)
Heute soll es regnen, stürmen oder schneien,
denn du strahlst ja selber wie ein Sonnenschein...

Benni steht erst schüchtern hinter Frau Bafané. Aber sie strahlt, als sie den Kuchen und die Geschenke sieht. Freudig schaut sie die singenden Gäste an. Micha winkt ihr zu.

GÄSTE (CONT'D)
...wie schön, dass du geboren bist, wir hätten dich sonst sehr vermisst...

Als das Lied vorbei ist, klatschen alle. Benni pustet die Kerzen aus. Die Krankenschwester verteilt Kuchen an alle.

146. AUSSEN: GARTEN KINDERPSYCHIATRIE / TAG

Micha und Benni spazieren in dicken Jacken durch den offenen Garten der Kinderpsychiatrie. Ein weißer Schleier liegt auf dem Rasen. Eine Schaukel, ein Sandkasten und ein paar Sportgeräte stehen im Garten.

MICHA
Du hast ja richtig lange Haare, Kampfzwerg. Soll ich dich besser siezen?

BENNI
Oh ja, Frau Klaaß, bitte!

Sie macht ein komisch-ernstes Gesicht wie eine vornehme Dame.

MICHA
Wir durften Sie lange nicht besuchen, gnädige Frau Klaaß.

BENNI
Ja, weiß auch nicht. Ist hier so.

MICHA
Und wie geht es Ihnen sonst so?

BENNI

Ich find's cool hier. Einmal die Woche dürfen wir Bogenschießen. Und dann gibt es so einen Raum, wo man mit Farben rumspritzen darf. Mit Luca spiel ich oft und mit Ben und Sassi. Ben war schon dreimal im Time-Out. Ich erst einmal.

MICHA

Warst du schon auf der Kletterwand oben?

Benni guckt eine frei stehende Kletterwand an und schüttelt dann den Kopf.

BENNI

Nö, keine Lust. Wenn wir uns an die Regeln halten, kriegen wir Belohnersteine, und mit 20 Belohnersteinen darf man fernsehen oder Nintendo. Mit 15 darf man im Gruppenraum spielen und mit 10 im Zimmer Radio hören. Das ist aber voll langweilig.

MICHA

Und wofür gibt es Belohnersteine?

BENNI

Wenn man nicht austickt, nicht schlägt oder keine Ausdrücke sagt. Zähneputzen gibt auch welche, ordentlich essen, ist babyleicht.

Sie sind an der Wand angekommen. Benni versucht zu klettern, aber sie hat nicht genug Kraft und rutscht ab. Micha hilft ihr, doch auch mit seiner Hilfe schafft sie es kaum.

147. INNEN: BESPRECHUNGSZIMMER KINDERPSYCHIATRIE / TAG

Frau Bafané sitzt der jungen Ärztin gegenüber, die eine dicke Akte und lose Papiere vor sich liegen hat. In Gedanken beobachtet sie durch das Fenster Benni und Micha im Garten.

JUNGE ÄRZTIN

Frau Bafané...

FRAU BAFANÉ

Ja, entschuldigung. Wie bitte?

JUNGE ÄRZTIN

Benni fängt an, sich emotional zu sehr zu binden hier bei uns. Das ist ein Problem, deshalb müssen wir sie zeitnah entlassen. Leider. Ein weiterer Abbruch ist sonst nur unnötig re-traumatisierend.

FRAU BAFANÉ

Gibt es da nicht Ausnahmen? Sie fühlt sich hier doch sehr wohl.

JUNGE ÄRZTIN

Das ist es ja. Das hier ist kein Ort auf Dauer. Außerdem gibt es lange Wartelisten.

FRAU BAFANÉ

Alles geht wieder von vorne los.

JUNGE ÄRZTIN

Wir haben ein Gutachten erstellt mit einer Empfehlung für eine geschlossene Mädchengruppe mit therapeutischem Konzept.

FRAU BAFANÉ

Geschlossene Unterbringung gibt es selbst in Ausnahmen erst ab zwölf. Ich habe das doch schon alles probiert!

JUNGE ÄRZTIN

Sie sollten es auch unbedingt weiter probieren. Oder eben ein Intensivprojekt im Ausland. Wir haben wie gesagt gute Erfahrungen mit Systemsprengern dort. Es gibt einen tollen Hof in Kenia, mit Schulabschluss. Ich weiß, dass sie dort manchmal auch jüngere Kinder nehmen...

148. INNEN: ZIMMER BENNI KINDERPSYCHIATRIE / TAG

Benni sitzt auf ihrem Bett, die Arme verschränkt, der Kopf Richtung Wand. Ihre Geburtstagsgeschenke liegen auf dem Tisch. Micha, Frau Bafané und die Ärztin sitzen vor ihr.

BENNI

Ich will nicht nach Afrika!

FRAU BAFANÉ

Wir können ja alle mal drüber schlafen.

BENNI

Warum kann ich nicht hierbleiben?

JUNGE ÄRZTIN

Ich kenne viele Kinder, die es in Afrika ganz toll fanden. Das ist ein richtiges Abenteuer auf so einem Bauernhof. Überleg es dir zumindest mal...

BENNI

Ja, ich überlege es mir.

Die zwei Frauen wechseln überraschte Blicke. Micha schaut nach draußen aus dem Fenster.

149. AUSSEN: VOR KINDERPSYCHIATRIE / TAG

Micha begleitet Frau Bafané zu ihrem Auto.

FRAU BAFANÉ

Na dann... alles Gute, Herr Heller.

MICHA

Meinen Sie nicht, dass die Medikamente zu hoch eingestellt sind?

FRAU BAFANÉ

Ja. Aber sie meinten, mit weniger nimmt sie ihnen die Bude auseinander.

Micha schaut Frau Bafané vielsagend an, sie müssen vor Verzweiflung fast lachen.

MICHA

Aber abschieben nach Afrika, im Ernst?

FRAU BAFANÉ

Ich weiß es auch nicht. Ich kenne viele Fälle, in denen es nicht gut ausging.

MICHA

So eine verdammte Scheiße.

FRAU BAFANÉ

Sie sagen es... Ich mache mir Sorgen, dass es da drüben zu viel für sie ist.

MICHA

Ich denke, das müssen Sie nicht. Dieses Kind hat mehr Wumms als Sie und ich zusammen.

150. INNEN: ZIMMER BENNI KINDERPSYCHIATRIE / TAG

Benni steht mit ihrem zerfledderten Drachen im Arm am Fenster und schaut raus in den Garten der Kinderpsychiatrie. Sie sieht Michas und Frau Bafanés Autos wegfahren. Sehr ruhig steht sie da und überlegt.

151. AUSSEN: VOR KINDERPSYCHIATRIE / ABEND

Wir sehen das Gebäude der Kinderpsychiatrie in der beginnenden Dunkelheit. Ein paar Fenster sind erleuchtet.

152. INNEN: FLUR KINDERPSYCHIATRIE / NACHT

Eine JUNGE KRANKENSCHWESTER (22) geht durch den langen Flur und schaut in die Zimmer, die rechts und links abgehen.

153. INNEN: ZIMMER BENNI KINDERPSYCHIATRIE / NACHT

Benni liegt in ihrem Bett, die Decke bis zum Kinn hochgezogen. Ihre Augen sind weit geöffnet. Wir hören die Schritte der Krankenschwester. Als diese nicht mehr zu hören sind, steigt Benni komplett angezogen aus dem Bett.

Sie schlüpft leise in ihre Schuhe und holt ihren gepackten Rucksack unter dem Bett hervor, ihren Drachen steckt sie noch ein, sodass er hinten herausschaut.

154. INNEN: FLUR KINDERPSYCHIATRIE / NACHT

Benni schleicht ganz langsam den Flur entlang, auf der Hut, dass niemand sie sieht. Am Ende des Flurs ist eine Art Glaskasten, in dem die Krankenschwester sitzt und telefoniert.

JUNGE KRANKENSCHWESTER

Hey. So, wieder da… Mann, ich hasse Nachtschicht…

Dabei steht sie auf und schaut sich in der Reflexion des Fensters an.

JUNGE KRANKENSCHWESTER (CONT'D)

Wer redet'n da im Hintergrund?

Benni versteckt sich unter einem Tisch direkt vor dem Glaskasten. Es ertönt ein lautes Geräusch.

JUNGE KRANKENSCHWESTER (CONT'D)

Oh nee. Klingelhose, wieder einer eingepisst. Bestimmt Niklas. Ich ruf dich gleich zurück, ja?

Die Krankenschwester legt auf und verlässt den Glaskasten. Benni nutzt die Chance und schlüpft rein. Sie geht an einen Schlüsselkasten, holt ein paar kleine Schlüssel hervor und verschwindet in Richtung Aufenthaltsraum.

155. INNEN & AUSSEN: FLUR KINDERPSYCHIATRIE / NACHT

Benni probiert ein paar Schlüssel aus, kommt aber nicht durch die Haupteingangstür nach draußen. Sie rennt zu einer Tür, die in einen Innenhof geht. Dort passt der Schlüssel.
Vorsichtig drückt sie die Tür von außen wieder zu.

156. AUSSEN: INNENHOF KINDERPSYCHIATRIE / NACHT

Benni sucht sich eine Regenrinne, an der sie hochklettert. Dabei rutscht sie zweimal fast ab. Beim dritten Mal schafft sie es auf das Dach hinauf.

157. AUSSEN: VOR KINDERPSYCHIATRIE / NACHT

Benni erscheint als kleine Silhouette auf dem Dach der Kinderpsychiatrie. Sie versucht, einen Baum zu erreichen, der aber zu weit weg ist. Dann springt sie circa zweieinhalb Meter in die Tiefe. Unsanft landet Benni auf dem Boden. Ein Geräusch des unterdrückten Schmerzes entfährt ihr.
Dann läuft sie, kurz humpelnd, die Straße entlang.

158. AUSSEN: STRASSEN / NACHT

Benni läuft durch leere Straßen, bleibt dabei eher im Schatten. Sie versteckt sich hinter Mülltonnen, wartet, bis die Luft rein ist, und rennt dann über eine Kreuzung.

159. AUSSEN: VOR HAUS MICHA / DÄMMERUNG

Es wird langsam hell im Neubaugebiet. Erschöpft taucht Benni als kleiner Punkt am Ende der Straße auf. Sie nähert sich Michas Haus und schleppt sich bis in den Vorgarten. Sie legt sich unter die Holzbank neben der Eingangstür und rollt sich dort zusammen. Zwischen Eimern und Zeitungen schauen nur noch ihre Schuhe hervor.

160. AUSSEN: VOR HAUS MICHA / MORGEN

Ein Schrei des Erschreckens! Elli stolpert fast über Bennis Füße. Sie hat inzwischen keinen Schwangerschaftsbauch mehr.

ELLI

Mein Gott, was machst du da?!

Benni kriecht schlaftrunken unter der Bank hervor. Sie ist blass und verfroren.

ELLI (CONT'D)
Ach du liebe Zeit... Benni.

BENNI
Darf ich reinkommen?

161. INNEN: KÜCHE HAUS MICHA / MORGEN

Elli betritt zuerst die Küche. Micha sitzt mit dem winzig kleinen Baby JULIE (2 MONATE) auf dem Schoß am Tisch. Aaron sitzt brabbelnd in einem Babystuhl daneben.

Benni kommt zitternd um die Ecke, sie wirkt eingeschüchtert. Michas Entspanntheit verfliegt, als er Benni sieht.

MICHA
Scheiße. Nicht dein Ernst, Benni!
(nach einem Moment)
Bist du jetzt total bescheuert? Glaubst du, das ist 'ne gute Idee, aus der Psychiatrie abzuhauen?

Benni schiebt sich hinter Elli und fängt an zu weinen. Elli legt die Hand auf Bennis Schulter und schaut Micha fest an.

ELLI
Atme mal kurz durch, Micha. (sanft zu Benni)
Ich mach dir einen Kakao und dann gehst du in die heiße Badewanne.

MICHA
(zu Benni) Meinst du nicht, hier ist der erste Ort, wo sie dich suchen?
Wahrscheinlich steht die Polizei gleich auf der Matte.

ELLI
Und wenn schon. Benni muss sich trotzdem erst mal aufwärmen.

Micha steht nervös auf und mustert Benni, er hat immer noch Julie auf dem Arm und wippt sie auf und ab. Benni versucht, seinem Blick standzuhalten, sie wirkt völlig unsicher.

BENNI

Kann ich nicht eine Nacht hierbleiben? So wie letztes Mal?

MICHA

Und dann, Benni? Was dann? Du kannst nicht immer wieder hier auftauchen...

ELLI

Komm mal mit hoch, Benni.

Benni folgt Elli aus der Küche. Micha ruft ihnen hinterher.

MICHA

(laut) Jetzt werden sie dich doch erst recht wegsperren oder wegschicken oder was weiß ich, verdammt! Raffst du das nicht?

162. INNEN: BADEZIMMER HAUS MICHA / MORGEN

Benni liegt in der Badewanne in einem Berg von Schaum, in den sie Löcher pustet. Elli kommt herein und legt eine Strickjacke zu Bennis Anziehsachen.

ELLI

Hier, probier die mal. Ist groß, aber sehr warm...

BENNI

Danke.

Elli kniet sich an den Rand der Badewanne.

ELLI

Keine Angst, okay?

Benni nickt. Micha kommt mit Julie auf dem Arm ins Badezimmer und übergibt sie an Elli. Elli geht mit Julie die Treppe hinunter und Micha setzt sich neben die Badewanne.

MICHA

Was hast du dir dabei gedacht, hm?

BENNI

Ich hab Geld gespart... Das kann ich dir geben, wenn ich...

MICHA

(unterbricht sie) Ich nehme kein Geld von dir an! Darum geht es doch gar nicht.

Benni pustet den Schaum in Richtung Micha.

MICHA (CONT'D)

Du reitest dich immer tiefer in die Scheiße, Benni. Und dann...

BENNI

Hör auf.

MICHA

Du versaust dir dein ganzes...

BENNI

(unterbricht ihn) Jetzt redest du wie alle.

MICHA

Weil es verdammt noch mal die Wahrheit ist. Und weil es mir nicht egal ist und weil ich nicht will...

Benni hält sich die Ohren zu und fängt laut und provokant an zu singen. Dann taucht sie im Schaum ab. Micha gibt auf.

163. INNEN: WOHNZIMMER HAUS MICHA / TAG

Benni deckt den Esstisch im Wohnzimmer, sie ist überbemüht, alles richtig zu machen. Gläser, Messer und Gabeln, Servietten, alles klappert, alles sieht gut aus. Benni hat die Erwachsenen genau im Blick und lächelt ab und zu rüber.

BENNI

(leise) Messer rechts, Gabel links, Messer rechts...

Im Hintergrund steht Micha mit Aaron auf dem Arm in der offenen Küche. Elli sitzt mit Julie auf einem Stuhl in der Küche und stillt.

164. INNEN: KÜCHE HAUS MICHA / TAG

Micha und Elli sprechen ganz leise. Man sieht Benni im Hintergrund den Tisch decken.

ELLI

Lass sie bis morgen bleiben.

MICHA

Spinnst du jetzt auch noch?

ELLI

Sie tut mir leid. Es macht doch keinen Unterschied... wenn wir sagen, dass sie heute Nacht bei uns ankam...

Micha schaut zu Benni, die so tut, als würde sie nicht zuhören.

ELLI (CONT'D)

Außerdem bist du selbst dafür verantwortlich, dass sie jetzt hier ist. Und das weißt du auch.

MICHA

Ja, und es war ein Fehler!

ELLI

Du musst das anders klären, sonst wird sie immer wieder hier auftauchen.

Michas Telefon klingelt. Alle erstarren für eine Sekunde. Dann geht Micha ran, während er von Elli und Benni genau beobachtet wird.

MICHA

Heller. Ja, guten Tag... Was ist passiert?... Oh. Nein, nichts. Keine Ahnung.
(MORE)

MICHA (CONT'D)

Wenn ich was von ihr höre, melde ich mich sofort. Alles klar... Tschüss.

Er legt auf und schaut nachdenklich zu Benni, die mit Aaron spielt und so tut, als hätte sie nichts mitbekommen.

165. INNEN: WOHNZIMMER HAUS MICHA / TAG

Alle sitzen am Tisch, nur Julie liegt schlafend in einem Körbchen. Benni füllt die Kartoffeln auf die Teller und lehnt sich dabei über den halben Tisch.

BENNI

Wie viele willst du? Fünf, sechs?

MICHA

Nimm du dir mal zuerst.

BENNI

Nee, sag. Ich geb dir mal sechs.

Benni zählt jede Kartoffel sorgfältig ab.

BENNI (CONT'D)

...vier, fünf, sechs. Bitteschön. (zu Elli) Willst du auch sechs Kartoffeln?

Benni füllt Elli ebenfalls Kartoffeln auf und schließlich sich selbst, zwei Kartoffeln fallen ihr auf den Boden.

BENNI (CONT'D)

Uuups!

Benni beugt sich runter, um vom Stuhl aus die Kartoffeln einzusammeln. Dabei zieht sie, ohne es zu merken, die Tischdecke nach unten und das Geschirr bewegt sich gefährlich. Micha hält die Tischdecke fest. Micha und Elli wechseln einen Blick und müssen anfangen zu lachen.

MICHA

Komm, lass liegen.

Da hat Benni die Kartoffeln schon strahlend in der Hand und legt sie auf den Teller. Sie streckt die Hände aus. Elli und Micha greifen danach, auch Aaron wird angefasst.

BENNI

Piep, piep, piep... Wir haben uns alle lieb...

ALLE ZUSAMMEN

Guten Appetit!

Sie beginnen zu essen. Michas Telefon klingelt wieder. Kurz schauen sich die drei an. Benni wartet, ob etwas passiert. Micha schaltet das Telefon auf lautlos.

MICHA

Die scheinen dich da ja wirklich zu vermissen, Kampfzwerg.

166. INNEN: WOHNZIMMER HAUS MICHA / ABEND

Micha und Elli sitzen aneinander gekuschelt auf dem Sofa. Draußen ist es dunkel. Micha trinkt ein Bier, Julie schläft auf Ellis Brust. Benni hat Aaron auf dem Schoß und spielt den Alleinunterhalter.

BENNI

Was ist klein, blau und liegt im Wald?

Erwartungsvoll schaut sie die beiden an.

BENNI (CONT'D)

Na?

Die beiden zucken die Schultern.

BENNI (CONT'D)

Schlumpfkacke!

Micha verzieht gequält das Gesicht, Elli grinst. Aaron ist friedlich auf Bennis Arm eingeschlafen.

MICHA

So, Bettzeit.

BENNI

Was ist grün und trägt Kopftuch?

MICHA

Genug Witze. Bettzeit.

Elli steht vorsichtig auf, um Julie nicht zu wecken.

ELLI

Gute Nacht.

BENNI

Gute Nacht!

Elli geht mit Julie die Treppe hoch. Benni schaut auf den schlafenden Aaron.

BENNI (CONT'D)

Ich leg ihn in sein Bett.

MICHA

Das mach ich schon.

Behutsam nimmt er Aaron aus Bennis Arm, der weiterschläft.

BENNI

Die Gürkin.

Micha schüttelt den Kopf über den blöden Witz.

MICHA

Na los, wir gehen auch schlafen.

Widerwillig steht Benni auf.

BENNI

Gib zu, du fandest es lustig.

MICHA

Da träumst du von.

BENNI

Ich hab dich lieb, Micha.

MICHA

Ich dich ja auch.

167. AUSSEN: VOR HAUS MICHA / ABEND

Micha verlässt das Haus. Er setzt sich auf die Bank und atmet durch. Dann schaut er nach oben und sieht Benni am Fenster stehen. Er macht ihr ein Zeichen, dass sie schlafen gehen soll.

168. INNEN: ZIMMER JULIE HAUS MICHA / ABEND

Benni steht am Fenster. Sie winkt Micha zurück, schneidet eine Grimasse und legt sich mit ihrem Drachen ins Bett.

169. AUSSEN: VOR HAUS MICHA / ABEND

Micha geht um die Hausecke auf die Straße, außer Sichtweite von Bennis Fenster. Dann holt er sein Telefon aus der Tasche und wählt eine Nummer.

MICHA

Ja, Michael Heller hier...

170. AUSSEN: VOR HAUS MICHA / DÄMMERUNG

Das Neubaugebiet schläft noch. Michas Haus liegt friedlich in der Dämmerung. Eine Katze läuft am Haus vorbei.

171. ALBTRAUMSEQUENZ

Kurze, stille Bilder eines aggressiven Hundes, darüber dumpfe Geräusche, vermischen sich mit den Ausschnitten einer Kindertapete. Fragmente dunkler Flüssigkeit, die sich ausbreitet. Die Kindertapete dreht sich und wird immer deutlicher erkennbar. Hände, die sich an einem Gitter festklammern. Gleißendes Licht. Die Montage endet mit Blick auf ein baumelndes Baby Mobile.

172. INNEN: ZIMMER JULIE HAUS MICHA / DÄMMERUNG

Das Licht der Morgendämmerung ist durch das Fenster zu sehen. Benni liegt mit offenen Augen in ihrem Bett und beobachtet noch kurz das Mobile über dem Wickeltisch. Das Laken ist nass, sie zieht eine andere Schlafhose an. Vom Flur her hört man leise das Brabbeln eines Babys.

173. INNEN: SCHLAFZIMMER HAUS MICHA / DÄMMERUNG

Benni betritt auf Zehenspitzen das Schlafzimmer von Micha und Elli. Aaron liegt brabbelnd und glucksend in seinem Beistellbett. Elli und Micha liegen daneben und schlafen tief. Micha hat Elli fest umklammert. Julie liegt schlafend ganz nah an Ellis Brust.

Benni wirft einen kurzen Blick auf die drei Schlafenden und nimmt dann leise Aaron aus seinem Bettchen.

174. INNEN: KÜCHE HAUS MICHA / DÄMMERUNG

Benni hat Aaron auf dem Arm. Er wirkt entspannt und schaut sie aufmerksam an. Benni summt leise vor sich hin und macht ihm ein Fläschchen Babymilch. Zwar verschüttet sie dabei die Hälfte des Pulvers, trotzdem merkt man, dass sie weiß, was sie tut.

175. INNEN: WOHNZIMMER HAUS MICHA / DÄMMERUNG

Benni sitzt mit Aaron auf dem Sofa im Wohnzimmer, das Milchfläschchen ist leer. Aaron liegt über Bennis Schulter, sie klopft auf seinen Rücken, bis er ein "Bäuerchen" macht.

BENNI

Fein gemacht.

Sie legt ihn liebevoll in ihren Schoß. Er wirkt zufrieden und greift nach Bennis Haaren. Sie beugt sich ein wenig zu Aaron runter, damit er ihre Haare ganz zu fassen bekommt.
Dann greifen seine Händchen nach ihrem Gesicht. Benni beugt

sich noch weiter zu Aaron runter, damit er sie anfassen kann. Aarons kleine Hände berühren unbeholfen Bennis Wangen.

Sie lässt es geschehen.

176. INNEN: SCHLAFZIMMER HAUS MICHA / MORGEN

Elli öffnet verschlafen die Augen und streichelt die winzige Julie. Dann entdeckt sie das leere Beistellbett.

ELLI

Micha.

MICHA

(im Halbschlaf) Was denn?

ELLI

Wo ist Aaron?

MICHA

Hmmm.

Micha schläft weiter, Elli ist hellwach und steht auf.

ELLI

Benni?

177. INNEN: FLUR OBEN HAUS MICHA / MORGEN

Elli hat sich einen Bademantel übergeworfen. Sie schaut in das Zimmer, in dem Benni geschlafen hat. Niemand da.

ELLI

Benni? Aaron!

Sie sucht besorgt in den anderen Räumen des ersten Stocks.

178. INNEN: WOHNZIMMER HAUS MICHA / MORGEN

Benni spielt mit Aaron “Hoppe, hoppe Reiter” auf dem Sofa. Da kommt Elli die Treppe hinuntergesaust und entdeckt die beiden. Elli bremst ab und bemüht sich um einen entspannten Tonfall.

ELLI

Guten Morgen. So früh schon auf? Gib mir Aaron bitte.

BENNI

Warum?

Benni umgreift Aaron fest und geht in Abwehrhaltung.

ELLI

Bitte, Benni! Du kannst ihn nicht einfach nehmen, ohne zu fragen. Ich mach mir sonst Sorgen.

BENNI

Er war schon wach! Ich wollte, dass ihr länger schlafen könnt!

ELLI

Das ist ganz, ganz lieb von dir, aber gib ihn mir jetzt bitte.

Elli streckt die Arme aus.

BENNI

(laut) NEIN! ER WILL BEI MIR BLEIBEN!

Benni steht auf und drückt Aaron ganz fest an sich. Elli bekommt immer mehr Angst, bemüht sich aber um Beherrschung.

ELLI

Gib ihn mir und alles wird gut.

BENNI

(brüllt) NEIN!!! VERPISS DICH!!!

Von dem Gebrüll wird Aaron unruhig und fängt an zu weinen.

ELLI

Benni, bitte... Gib mir einfach den Kleinen, okay? MICHA?!

BENNI

LASS MICH IN RUHE, DU BEHINDERTE! AARON WILL NUR BEI MIR SEIN UND NICHT BEI DIR!!!

Benni rennt mit dem schreienden Aaron auf dem Arm an Elli vorbei die Treppe nach oben in den ersten Stock.

179. INNEN: BADEZIMMER HAUS MICHA / MORGEN

Benni schließt sich mit Aaron im Badezimmer ein. Elli hämmert von außen mit voller Kraft gegen die Tür.

ELLI (O.S.)

Mach bitte die Tür auf, Benni! Micha! Micha, komm her!

BENNI

NEIN! GEH WEG, DU SCHEISSKUH!!!

Aaron schreit inzwischen aus vollem Hals. Benni wippt ihn hektisch auf und ab. Ihr Kopf ist knallrot, sie schwitzt.

BENNI (CONT'D)

(zu Aaron) Pssschtttt. Sssch. Seid still!

180. INNEN: FLUR OBEN HAUS MICHA / MORGEN

Micha kommt im Schlafanzug in den Flur und sieht Elli vor der Badezimmertür stehen. Von drinnen hört man Aaron schreien. Micha haut sofort gegen die Tür.

MICHA

Benni, mach sofort auf oder ich breche die Tür auf!

BENNI (OFF SCREEN)

(brüllt) HAU AB ODER ICH SPRINGE AUS DEM FENSTER!

181. INNEN: BADEZIMMER HAUS MICHA / MORGEN

Benni steht völlig fertig im Badezimmer. Sie schaut sich hektisch um. Aaron auf ihrem Arm brüllt aus Leibeskräften. Von draußen hört man Micha gegen die Tür schlagen.

BENNI

VERPISST EUCH!!! ICH HASSE EUCH!!!
(zu Aaron)
Halt die Klappe, halt die Klappe.

Benni hält Aaron den Mund zu, damit er nicht mehr schreien kann. Sie schaut zu dem großen Fenster über der Badewanne.

MICHA (OFF SCREEN)

BENNI, GEH SOFORT WEG HINTER DER TÜR!

BENNI

NEIN!!! HALT'S MAUL, DU LÜGNER!

182. INNEN: FLUR OBEN HAUS MICHA / MORGEN

Elli steht weinend im Flur. Micha versucht es noch einmal mit Vernunft. Inzwischen hört man auch Julie im Schlafzimmer weinen.

MICHA

(mit unterdrückter Panik) Benni, mach einfach nur die Tür auf. Kampfzwerg. Bitte! Wir frühstücken gleich zusammen, es ist gar nichts passiert.

Von drinnen hört man ein Rumpeln, das Fenster öffnet sich. Micha und Elli schauen sich noch einen Moment lang an.

MICHA (CONT'D)

(brüllt) GEH JETZT HINTER DER TÜR WEG, BENNI!

Dann tritt er mit aller Wucht gegen die Tür.

183. INNEN: BADEZIMMER HAUS MICHA / MORGEN

Die Tür fliegt auf, Micha stolpert ins Badezimmer. Das Fenster steht offen. Aaron liegt weinend in der Badewanne, von Benni keine Spur.

Elli nimmt Aaron hoch, ihr Gesicht ist voller Tränen. Micha schaut aus dem Fenster. Benni rennt gerade auf die Straße.

MICHA

BENNI, STOPP!! BLEIB STEHEN!!

184. AUSSEN: VOR HAUS MICHA / MORGEN

Micha kommt in Boxershorts und T-Shirt aus dem Haus gerannt und brüllt aus vollem Hals.

MICHA
BLEIB STEHEN, BENNI, VERDAMMT!!

Benni rennt inzwischen auf die große Wiese hinter Michas Haus, in der Ferne ist ein Waldrand zu sehen. Micha rennt noch weiter rufend hinter Benni her, dann bremst er langsam ab und bleibt stehen. Er drückt seine Finger zusammen.

MICHA (CONT'D)
(resigniert) Bleib bitte stehen, Benni.

Am Ende des Feldes hält Benni noch mal inne, ihre Blicke treffen sich für einen Moment. Dann dreht Benni sich um und rennt in den Wald. Völlig gescheitert steht Micha auf dem Feld, hinter ihm die Neubausiedlung, und schaut ihr nach.

185. AUSSEN: WALD / TAG

Benni läuft alleine durch den Wald. Dabei wirkt sie wie eine Märchengestalt, barfuß, in ihrem hellen, aber inzwischen leicht verdreckten Schlafanzug. Sie läuft schnell, klettert über Bäume und Sträucher.

186. AUSSEN: WALD / TAG

Benni geht vor Kälte zitternd, nun viel langsamer, durch den winterlichen Wald.

Sie sitzt schlotternd vor einem Baum, sucht dann nach etwas zu essen und findet alte Bucheckern, kaut auf ihnen herum und spuckt sie wieder aus.

187. AUSSEN: WALD / DÄMMERUNG

Es wird langsam dunkel. Benni schaut sich um, ihr Blick bleibt nirgendwo hängen. Oben im Baum beobachtet sie eine Eule.

Benni kauert vor einem Baum, ihr Gesicht wirkt transparent. Kaum kann man sie von dem Hintergrund der Baumrinde unterscheiden. Sie starrt geistesabwesend vor sich hin.

188. AUSSEN: WALD / NACHT

Benni läuft durch den Wald. Ihre Schritte wirken müde und unsicher, gar nicht mehr fest. Sie kauert sich an einen Baum und pinkelt. Dabei macht sie ein schmerzverzerrtes Gesicht.

189. AUSSEN: WALD / NACHT

Es ist stockfinster im Wald. Die Geräusche des Waldes sind laut. Benni sitzt auf dem Boden, die Augen weit aufgerissen.

190. AUSSEN: WALD / TAG

Benni versucht, mit ihrer Zunge Tautropfen aufzufangen. Sie schleppt sich mühsam vorwärts. Um sie herum nur Bäume, sie hat inzwischen jede Kraft und Orientierung verloren. Sie kann kaum noch die Augen offenhalten. Ihre Haut ist weiß, ihre Lippen sind blau. Sie legt sich neben einen Baum auf den kalten Waldboden und rollt sich zusammen wie ein kleines Tier.

191. AUSSEN: WALD / TAG (TAGTRAUM)

Benni geht langsam vorwärts. Sie meint, etwas zu hören, und dreht sich um. Aber da ist niemand.

Plötzlich entdeckt sie den schwarzen Hofhund, der sie anstarrt.

BENNI

(leise) Hau ab.

Der Hofhund beginnt zu knurren, stellt sein Fell auf und fletscht die Zähne.

BENNI (CONT'D)

(lauter)
Hab ab, hab ich gesagt!

Der Hofhund knurrt weiter. Benni kauert sich auf alle viere und kriecht ganz langsam und sehr nah an den Hund heran. Sie fletscht auch ihre Zähne und fängt an zu knurren.

192. AUSSEN: WALD / TAG

Durch die Bäume sieht man einen Krankenwagen am Waldrand entlangfahren.

193. AUSSEN: BAUERNHOF / TAG (TAGTRAUM)

Benni folgt dem Hund mit vorsichtigen Schritten über den leeren Bauernhof. Der Hund verschwindet in seiner Hundehütte. Benni krabbelt nach einem kurzen Moment hinterher.

194. AUSSEN: WALD / TAG

Im Wald checken Sanitäter den Puls der bewusstlosen Benni. Daneben steht ein Jäger mit seinem Hund. Sie heben Benni auf eine Trage und transportieren sie ab.

195. AUSSEN: BAUERNHOF / TAG (TAGTRAUM)

Micha zieht die bewusstlose Benni aus der Hundehütte und nimmt sie in den Arm. Niemand auf der ganzen Welt außer ihnen. Benni öffnet die Augen. Gleißendes Licht, das sie blendet. Ganz nah sieht sie Biancas Gesicht, das sich liebevoll über sie beugt. Benni schmiegt sich an sie. Alles wird hell.

196. INNEN: ZIMMER KRANKENHAUS / TAG

Bianca sitzt neben Bennis Bett im Krankenhaus und hält ihre Hand. Benni ist an einen Tropf angeschlossen und blinzelt.

Sie greift nach Biancas Hand und drückt sie fest. Bianca lächelt Benni mit müdem und völlig verweintem Gesicht an.

197. INNEN: FLUGHAFEN / TAG

Frau Bafané und Benni stehen vor der Sicherheitskontrolle am Flughafen. Frau Bafané wirkt unruhig, Benni eingeschüchtert von der Situation. Neben Benni steht der braun gebrannte ERZIEHER FABIO (42) mit hessischem Akzent und breitem Grinsen.

ERZIEHER FABIO

Na los, auf geht das Abenteuer.

Benni antwortet nicht. Frau Bafané nimmt sie in den Arm.

FRAU BAFANÉ

Pass auf dich auf, Benni, und schick mir mal eine Postkarte.

Benni sagt nichts. Frau Bafané kriegt feuchte Augen.

FRAU BAFANÉ (CONT'D)

Also los, ab mit euch. (zu Erzieher Fabio) Passen Sie bitte auf sie auf. Und auf sich selber auch. Und danke noch mal für die Möglichkeit.

ERZIEHER FABIO

Ach, halb so wild. Das kriegen wir schon hin. Unser Nesthäkchen... So eine Kleene hatten wir da noch nie. Ist ja auch mal schön. Glauben Sie mir, sonst haben wir da drüben ganz andere Kandidaten.

Frau Bafanés Lächeln friert einen Moment lang ein.

FRAU BAFANÉ

Das hoffe ich für Sie.

ERZIEHER FABIO

Na los, Kleene. Auf geht's.

BENNI

Ich bin nicht klein.

Benni winkt Frau Bafané, dreht sich um und geht mit Erzieher Fabio Richtung Passkontrolle. Aus ihrem Rucksack schaut hinten der Drache raus. Benni zeigt einem FLUGHAFENMITARBEITER (35) ihren Pass vor.

FLUGHAFENMITARBEITER

Danke dir. Und viel Spaß im Urlaub.

Benni geht neben Fabio weiter zur Sicherheitskontrolle. Sie legt ihren Rucksack in eine Plastikschale und nimmt den Drachen heraus. Ohne abzuwarten, geht sie samt Drachen durch den Sicherheitsscanner, es fängt an, laut zu piepen. Benni wird zu einer SICHERHEITSBEAMTIN (32) gerufen.

SICHERHEITSBEAMTIN

Hey du, gib mir mal bitte dein Stofftier.

BENNI

Nein.

SICHERHEITSBEAMTIN

Doch, nur ganz kurz. Du kriegst ihn gleich wieder. Ich tu ihm schon nichts. Aber du musst ohne alles durch den Scanner gehen.

BENNI

(laut) NEIN! LASS MICH IN RUHE!

Ein paar Beamte schauen nun herüber, Erzieher Fabio ist auf der anderen Seite des Scanners und wird nicht durchgelassen. Obwohl er wild diskutiert. Benni sieht um sich herum überall Menschen in Sicherheitswesten, Beamte der Bundespolizei, wartende Passagiere. Ein ÄLTERER SICHERHEITSBEAMTER (58) nähert sich Benni mit strenger Miene.

ÄLTERER SICHERHEITSBEAMTER
So, Mädchen, jetzt gehst du mal schnell zurück zu deinem Papa...

Da nutzt Benni die Sekunde und beginnt, mit ihrem Drachen in der Hand loszurennen. Sie rennt und rennt, so schnell sie kann. Zwei Sicherheitsbeamte laufen hinter ihr her, immer mehr Leute kommen dazu, die sie verfolgen.

Benni springt über einen Kinderwagen, rennt ein Regal mit Sonnenbrillen um, fängt nun an, im Laufen immer mehr Dinge umzuwerfen. Passagiere schauen verwundert hinter ihr her. Der Flughafen beginnt zu verschwinden, der Ort ist nun nicht mehr einzuordnen, und über Bennis strahlendem und vor Lebensfreude schreiendem Gesicht setzt die Abspannmusik ein.

ENDE

VITA

NORA FINGSCHEIDT

Nora Fingscheidt (*1983) verbrachte ihre Schulzeit in Deutschland und Argentinien. Ab 2003 engagierte sie sich beim Aufbau der selbst organisierten Filmschule filmArche in Berlin und absolvierte parallel eine Ausbildung zum Schauspielcoach bei Sigrid Andersson.

Von 2008-2017 studierte sie Szenische Regie an der Filmakademie Baden-Württemberg, mit ihrem Zweitjahresfilm SYNKOPE wurde sie für den Deutschen Kurzfilmpreis nominiert. Nach einem Austausch mit der UCLA in Los Angeles, drehte sie dort ein Jahr später den Kurzdokumentarfilm BOULEVARD'S END. Seitdem arbeitet Nora fiktional und dokumentarisch. Ihr Studium beendete sie 2017 mit dem in Argentinien gedrehten Dokumentarfilm OHNE DIESE WELT, der u.a. den Max-Ophüls-Preis und den First Steps Award gewann. Das Drehbuch für SYSTEMSPRENGER entstand während des Studiums in Ludwigsburg und wurde mehrfach ausgezeichnet. Der fertige Film feierte seine Premiere im Wettbewerb der Berlinale 2019 und gewann dort einen Silbernen Bären (Alfred-Bauer-Preis).